大地上的行走

DADISHANG

DE

XINGZOU

周玉娴 著

GUANGXI NORMAL UNIVERSITY PRESS

广西师范大学出版社

·桂林·

图书在版编目（CIP）数据

大地上的行走／周玉娴著．--桂林：广西师范大学出版社，2020.6
ISBN 978-7-5598-2623-7

Ⅰ．①大… Ⅱ．①周… Ⅲ．①散文集－中国－当代 Ⅳ．①I267

中国版本图书馆 CIP 数据核字（2020）第 026693 号

广西师范大学出版社出版发行

（广西桂林市五里店路9号　邮政编码：541004）
（网址：http://www.bbtpress.com）
出版人：黄轩庄
全国新华书店经销
广西广大印务有限责任公司印刷
（桂林市临桂区秧塘工业园西城大道北侧广西师范大学出版社
集团有限公司创意产业园内　邮政编码：541199）
开本：787 mm × 1 092 mm　　1/32
印张：7　　　字数：125 千
2020 年 6 月第 1 版　　2020 年 6 月第 1 次印刷
印数：0 001~5 000 册　　定价：52.00 元

如发现印装质量问题，影响阅读，请与出版社发行部门联系调换。

目 录

| 第一辑　山水的呼唤 |

| 第二辑　路上的回响 |

| 第三辑　遥远的乡愁 |

第一辑

山水的呼唤

我在湖岸边，疯，闹，跑，跳。

我和同伴互相追逐，像孩子一样天真嬉戏。

我时而笑、时而嗔、眉目传情，好像十八岁一样；我

时而静、时而思、低头冥想，好像我从未衰老过，好像昨

夜从未哭泣过。

尘世里的一支乌江曲

有一种力量，它来自宇宙初生的时刻，洪荒之力造就世间万千事物；有一种力量，它来自大自然生发的时刻，大江大河大陆由此而形成。乌江，这条藏身于西南崇山峻岭间的大江，与中华大地上众多江河一样，成于大陆架频繁活动时期；不同的是，它在高原、山地以及丘陵等喀斯特地貌的山谷间跳跃，大自然赋予它神异的秉性。

云追着雨，雨追着风，风带着清润寒意，飘飘摇摇，细细密密。飞跃千山，跨越万水，在西南秋雨的浓密连绵间我来到乌江之畔。我想见到白色银练似的瀑布倾泻在断崖深谷，我想嗅到西南民族坚毅顽强的神秘气息，我想听到属于乌江的特有的旋律。

雨中的乌江，水声幽幽，却不是我心中想象的那个样子。

云水缠绵间，我们乘一艘快艇在碧绿清湛的江面上滑行。一舟划开碧波，船尾扫出白色水花。两岸风光大好，有高山断壁千寻、斧砍刀削一般立在水中，仿佛水边竖着一面绿色的墙壁；有平缓的丘陵披着白云的头纱在水中留下俏丽的倒影，仿佛女子对镜梳妆。大朵大朵浅灰、深灰的云飞过天宇，在江面印上水文云影。有铁索桥横亘于大江之上，远远地将两岸高山系于一线之间。有人家在白云深处，白墙黑瓦掩于丰茂的山地植被间。这静谧的乌江，如稳健的长者，踏着步子在山间转折阔步。

数亿年前，当云贵地区高高隆起的时候，乌江便自西南流向东北汇入长江。神州大地，大河多向东流，注入大海。

从立体地形图上看，乌江水系呈羽状分布，如一支蓝色的羽毛嵌在群山万壑之间。它像一个追随着长江母亲的孩童，在清涧中呼朋唤友，领着一群奔跑在山坳里的小溪小河欢快地玩耍；它又像是桀骜不驯的少年，穿行奔突在嵯峨交缠的山岩间，带着青春飞扬的能量腾越山峦。激流、险滩、峡谷，五里一滩，十里一湾，乌江奔腾咆哮，蕴蓄着天然势能，雪卷千堆，涛拍两岸。

我心中的乌江应该是这个样子，充满活力与元气，也充满冒险和传奇。它应该像乌江纤夫曲一样，时而高亢激昂，时而韵味悠长，时而激越清冽，时而悲鸣缠绵。这乌江曲也应与初始时刻的乌江水一样，时而跳跃飞腾，时而激流飞转。

听一曲乌江纤夫号子，那回荡在山峦和碧波之上的千年号子声，散发着原始的野性美，旋律悲壮豪迈，歌声响遍行云，那该是献给乌江的祭歌吧。

今日，我们已经无法听到这样的悲鸣。在思南县的舞台上，演员们用歌舞的形式艺术地再现了乌江纤夫曲的神韵。一声声高亢有力的歌唱，一个个伏身翘首的动作，无法和真实环境下的纤夫曲媲美。如果说，人类的歌唱和诗情皆来自劳作时的呼喊，那么乌江上的纤夫号子就是苦难的纤夫们发自生命深处的呐喊，是面对极度劳累和疲乏的自我鼓励，是面对艰难时世和自然险阻的齐心协作。这号子不是风光暖日的呢喃，不是丰收稼穑的欢歌，而是痛入骨髓的苦难哀歌。坐在机动船中行于平缓如镜的江面，游客已无法想象，这大自然最原始的韵律，深山中最粗犷的歌声，纤夫最悲苦的怒吼，是在怎样的境遇下产生的。

船行至乌江思南段两江口，这是乌江支流龙底江汇入乌江干流的地方。山环水绕，江水始终浩渺舒缓，如绿色的绸缎铺在山腰。定睛细看，两江交汇的地方，水流形成了一个巨大的漩涡，再仔细查看，离漩涡不远处还有一个大小相等的漩涡。水面上，远看是波澜不惊，静看却能看出水流缓缓绕着圆心运动。据当地人介绍，上游的思林水电站还没有修建的时候，这里曾经是令船工望而却步的鬼门关，水情复杂。看江水一侧峭壁上的纤道就能想象在这里行船的艰险。当初，船过两江口时都要卸下一半货物，纤夫们攀援到离水面十几米高的峭壁上的纤道，拖着船过江口。我抬头细看，那是在岩壁上的一条白色痕迹，犹如巨人用手指以巨力在交错的石壁上抠出的一条深沟。你无法想象，几十年前，仍有纤夫裸身赤足，猫腰踏在纤道坚硬的砾石上，铁钳般的手指抠着石棱石缝，肩上的纤绳深深勒进肉里。他们每前进一步，胸腔里都齐声发出巨响。那巨响和着轰鸣的江水，就是最原始的乌江纤夫曲。

乌江的航运史和纤夫们的苦难史一同被书写进了历史。

从乌江本来的名字，就可以知道它在交通航运史上的重要作用。乌江，本名牂牁江。牂牁，本意是系缆的木桩，也就是船只停泊时用以系缆绳的木桩。苦于山路难行，黔地人早在乌江边打下了系住行船的木桩。乌江水百转千回，跌宕奔涌，虽然艰险，却是这西南崇山峻岭之间唯一的黄金水道。巴蜀的盐巴自乌江逆水而上入黔湘，黔地的桐油、生漆、五倍子、木材等特产顺流而下入巴中，商贸往来的巨大利益让乌江成为川东与黔东北的重要运输通道。

乌江也是历史悠久的"油盐古道"。可是，重大的政治意义和巨大的商业利益都建立在乌江纤夫们风浪里搏命的悲苦之上。唐代诗人王建对乌江纤夫怀有极大的同情，他作诗："苦哉生长当驿边，官家使我牵驿船。辛苦日多乐日少，水宿沙行如海鸟。逆风上水万斛重，前驿迢迢后森森。半夜缘堤雪和雨，受他驱遣还复去。夜寒衣湿披短蓑，臆穿足裂忍痛何。到明辛苦无处说，齐声腾踏牵船歌。一间茅屋何所值，父母之乡去不得。我愿此水作平田，长使水夫不怨天。"

不止唐代，早在汉代乌江就走入中华历史，到了近代更是声名远播。20世纪30年代抗日战争爆发，湖北宜昌失守，长江中下游航运被日寇控制，乌江自然成为入渝重要的水上通道之一。1938年，"乌江水道工程处"开始查勘治理乌江，直到1945年才结束险滩整治。7年间，乌江成为运输战略物资的水上交通线。特殊的航运环境造就了适应乌江航运的厚板船，它船尾歪斜，造型独特，如今已经成为博物馆里珍贵的历史文物。曾在江中浪里讨生活的老纤夫们，指着两江口那两个巨大漩涡说："歪屁股船（厚板船的俗称）在急流弯道中能保持平衡，水电站还没建的时候上下滩时水位落差大，这样的船可以减少事故，方便我们上下船拉纤。"

历史的风烟已随激越的乌江水一同远去，记载乌江纤夫苦难史的文字和图片被载入史册。乌江纤夫们的血泪也成为激励黔地人追求现代文明的动力。人类在改造大自然的历史进程中，就在不断挑战来自大自然的力量。我们可以脱离地球引力，也可以将这种引力变成随时取用的能量。洪家渡水电站、东风水电站、乌江渡水电站、构皮滩水电站、思林水电站、沙陀水电站……乌江，这条飞落九天的神龙不再桀骜疯狂、狂躁难平，它被一座座现代化的水电站驯服。不再有乌江纤夫的悲歌，不再有旅人心惊胆战的路途，我坐在动力强劲的快艇上，安然畅游白鹭湖。

白鹭湖在乌江流域中下游，是思林水电站建成后形成的高峡平湖。河道落差大曾是造成乌江难渡的主因，如今却是水电站建设中的有利因素，它赐予乌江全流域巨大的水能资源。串在乌江上的一座座水电站，如同锁住巨龙的笼套，让乌江释放出巨大的能量，为人所用，为人出力。这能量化为汩汩电流在铁塔银线上急行，流向富庶的珠江三角洲地区，也点亮了西南大地。

我静静站在白鹭湖边，倾听水声，涓涓淙淙，清清泠泠，如母亲的摇篮曲一般，和着天地的节奏，踏着自然的鼓点。这该是乌江曲的终乐章，于细腻抒情中奏响悠远的回旋曲。

我的耳边回荡着这支乌江曲，从古到今，洋洋洒洒，雄浑激昂，演绎出人与自然的相争相竞、相生相长；这旋律，穿越历史，昭示未来，告诉你生长于乌江两岸的人家的兴衰荣辱和生生不息。

拥一座桥入眠

何其有幸，对着一汪清清江水，我沉酣入梦；何其有幸，拥一座廊桥在枕边，我濯巾怡情。

在中国西南武陵山区，有那么一方山水，让我心境安然，心静神怡。

江水

尘埃落定，万籁俱静，最能感受到空气里流动的气韵。这气韵是否与你气场相合，夜里的睡眠会告诉你答案。

重庆黔江的濯水古镇，据说有千年历史。为何取名濯水，已无可考。多少地名，都会穿凿附会，濯水却没有。实际上，我第一眼看到濯水的名字，想到的就是沧浪之水。这水，应

枕屋橋一眠
前你走出去洞碧水流去
青峰绿水湾水边
逸事游丰花径四周消
别回陆二座茅屋清登
安宁高橋天空左天汇之
上排墨印陡屋山水
泰朝
戊戌年夏言高写
于平郊也

该是从中国传统文化中走来的，凝聚了士人心气，必能荡涤风尘。还是可以洗手绢，可以洗脚丫的水。这应该是怎样的水呢？

当我推开房间露台上的落地窗时，答案有了。

窗外青山杳渺碧水流长，一弯江水清漂如练。远处，油菜花从山脚铺到山腰。一座重檐叠瓦的廊桥飞架在大江之上，轻盈却不失厚重，颇得山水气势。恍然明白，刚才拖着行李箱走来所见的那廊桥牌楼上有木质匾额，上书"沧浪桥"的桥，就是这座桥了。我该想到的，有水必有桥，何况是在这样一条奇特的大江之上。

说阿蓬江奇特，现场是看不出的。江水清洁，唯此而已，在中国西南群山万壑间找出同样水质的江还是不难的。阿蓬江的奇特在于，它是中华大地上罕有的自东向西流淌的江水。大江东去，千古绝唱；大江西去，着实奇绝。就像一列士兵中，有一个憨实的听错了口令，转反了方向。千年文化，在同一个频率下共振，千山万水东流到海同声共气。可是阿蓬江却执拗得很，向西奔了去。大自然的不经意，成就了一条大江的任性。一路向西，也让阿蓬江成为万千河流合唱中的一个独特音符。

一泓碧水"倒流三千八百里"，这气魄感染了我。关掉手机，关掉与这个喧闹世界的所有信息关联。需要及时处理的邮件，需要限时写出的稿件，需要月底结算的电费，需要立刻发出的讯息，轻轻一按关机键，一切都离我遥远了。为了顺应大城市的节奏，身体机能无时无刻不在高效运作。下一刻还未到，需要考虑的情况已经都提前计划好了。眼睛跟不上视线，灵魂跟不上脚步。一切都被不知名的力量裹挟着，24小时被过成了48小时，生命以一种急流而下的速度奔向终点。

如今，站在阿蓬江边，几乎闭合的视觉、听觉、嗅觉、味觉和触觉都仿佛活了过来，异常灵敏。我的第六感告诉我，今夜好眠。

古镇

叽叽喳喳，哗哗哗哗，叽叽喳喳，哗哗哗哗。清冷的空气冲入鼻息，沁人心脾。

3月底，没有暖气，正好拥着厚厚的棉被赖在床上。只钻出一个脑袋，留着清醒。这是我认为最舒适的睡眠方式。阿蓬江边的客栈，真正是治愈失眠的好地方。北京冬季室内温暖如春，却干燥异常。夜里，时常会觉得热而燥的空气如砂纸一般擦过嘴唇和喉咙，身体里的水分好像要被吸干。早上起来，人犹如脱水蔬菜一般。

在濯水镇的第一夜，我实实在在睡了8个小时。如果不是好客的小鸟在露台呼朋唤友，如果不是阿蓬江水深情呼唤，我还会继续在一种混沌的状态中享用婴儿一样的睡眠吧。

想起昨日傍晚，阴天，大片青云在天空堆砌。群山渐渐黑沉，江水静若闲潭。江边的吊脚楼如日暮相思的妇人，一排排立在江边，不张望，不攀谈，没有窃窃私语，没有哭诉思念，只是静静地那么站着。即使江对岸正在大兴土木，高大的塔吊在一个个翘檐的仿古建筑上作业，经过江水的稀释，建筑噪音还是隐在了水声中。

不到20时，小镇的灯光就渐渐暗淡下去。灯光一点一点消失，黑夜便一点一点覆盖在小镇上。世界，仿佛就在一片彻骨的宁静中停下来；时间，也在清新湿润的空气中凝滞了。不断跳动的手表秒针该换成古代的滴漏吧，就这样合着心跳看时间如缓缓江水慢慢流走。

夜里，沧浪桥上没有景观灯，只是黑漆漆地矗立江上，江水反而泛着亮色，给廊桥留下黑色的剪影。同行之人似乎也十分享受这宁静，早早关门闭户，歇下了。日落而息，真是难得。

清晨，走在古镇的青石板路上，一点没有陌生感。这古镇的内在气质应该是女性的。安闲，恬静，适意，自然。

路边商铺不多，走上几步，有那么几个卖小吃的铺子。

干净的铁皮电炉子上，蒸着各式小吃。躺在青绿叶子上的白糯米粑粑，准备在黄豆粉里打滚儿的汤圆，捆扎好的颜色不够白亮的手工面条，还有竹簸箕里正在寻求阳光的大头菜。就是这样，家常，普通，没有惊艳的名字，却带着浓浓的乡土气息的手工吃食。小吃，应该是一个地方的味蕾。濯水的味蕾在哪里？不善言辞的老板娘微笑着将一碗热腾香辣的绿豆粉汤送到我面前，我的味蕾和小镇的契合了。当街长凳，稀里哗啦，"惊呼热中肠"，引来街头游客侧目。

胃的追求和人生的追求何其相似。饱满，温暖。

此刻，精神和身体同样饱满的我，溜达到古镇的小广场。江边山城，哪里有广场，也就是一小片空地。一块刻着"天理良心"的石碑杵在那儿。来之前，好客的黔江人就说他们这里是讲理的。见到这块碑，我才意识到古镇的精髓。

既然濯水镇曾经是川东南重要驿站和商埠，就应该有自己独具一格的地方吧！

灵魂的安静往往来自外界秩序的安定。一个人，生下来就知道如何去行走世界，心中有法则自然平静。摸摸良心，无愧天地，就有了应对不断变迁的外部世界的能力。濯水古镇的千年繁华，来自这块天理良心碑，也来自土家人心中的律例。正如沧浪之水的定气。古时，濯水地处繁华，土家人就以天理良心应对巨大财富；今时，地处偏远，土家人不急不躁，安然面对宁静的生活，何其洒脱。灵魂的安静，正是来自对世道人心公平对待的自信。

天理良心功德碑，应该就是古镇的秩序，也是古镇的灵魂。

廊桥

水是武陵山区的灵动鲜活的血液，它们如一张密布的网，网住了大地；又如一条条宽窄不一的绸带，缠住了山。山是景，水是景；桥，自然也成为一道风景。

桥的最基本的功能当属方便通行，便于沟通。有山水阻隔，沟通就显得格外重要。在群山仰头、峡谷众多的黔江，桥已经成为土家人社会生活的一部分了。

走在名为沧浪的风雨廊桥上，我才相信面前这宁静古朴的小镇曾经是何等繁荣热闹。仅看沧浪桥的奢侈，就能明白一二。

濯水的沧浪桥桥身是木质结构。桥板，栏杆，桥上的塔和亭，都是纯实木构造。宽约6米，可过一辆轿车；长约300米，散步一个来回也要十几分钟。虽是大火后新建，但那种凝重典雅的气韵还存于桥上。走到桥的最高处，需走上三层台阶。整齐有序的廊柱如音符在五线谱上竖立，略带弧线的人字形房檐则为人们搭建出一个类似房屋的空间。仰头看，棕漆木梁之间以榫头卯眼互相穿插衔接，直套斜穿，让人惊叹其巧夺天工；平视处，一个个雕花木窗将桥外美景装入画框；低头沉思，则可以坐在栏杆边的厚木长凳上休憩。论建筑的精巧，即使是颐和园的长廊也不能与之媲美；若论历史文化的久远，也不输于瑞士的卡佩尔廊桥。

走在桥上，木质地板的弹性从脚掌传来，恰到好处。桥两边的画幅不断变换。想来，如果是晴天，阳光照耀，那是明艳的油画；阴天，光线使然，那是淡雅的水墨；风雨中，凉风穿过，那是一帧美妙的动图。

桥上来往的人除去游客，十之八九是土家人。长者悠闲，步履沉缓；老妪背着背篓，背篓里的孩童用江水一般亮洁的眼睛，打量着你。他们是桥的主人，他们的祖祖辈辈走在桥上。他们每天穿梭于此，忙着自己的营生。他们的气息让桥鲜活起来，他们将桥的传说世代相传。他们曾穿着美丽的西兰卡普，从出生到死亡。他们是从大山里生长出来的人，他们是阿蓬江边生长出来的人。他们没有文字，却有表达丰富情感的语言。

据说，这座风雨廊桥在每年七夕的时候最浪漫。土家的青年男女会到桥上相会。有幸在黔江小南海镇土家十三寨观看了一场独特的婚礼。喜庆的唢呐声里，身披红绸的土家族新娘哭将开来，嘤嘤呜呜，幽幽咽咽，从爹娘的养育之恩哭到哥嫂的照拂帮衬，一桩桩一件件唱出来，只哭到观礼的宾客心中悲戚，眼中发酸。

想起在土家族发祥地湖北清江上的武落钟离山，听到一首民谣《撒尔嗬》。几个头扎白巾的汉子，在明快的曲调中唱歌送祭亡灵。没有听懂，却是眼中发酸，悲从中来。据说这是土家举办丧礼的仪式，为的是以欢歌和鼓乐扫除死者家里悲痛凄婉的气氛。但我听那声音分明是对死者解脱、魂归故土的咏叹。哭喜乐丧，反其道行之，表达的是一种独特的生命观。一如阿蓬江水，日夜向西流淌。

灵魂安静的另一个因素是如何对待死亡吧。土家人，将死亡当作一场生命的回归。回归来处，回归自然，回归新生。歌舞是慰藉生者的仪式，也是以审美的态度看待死亡。因为知道魂归何处，所以现世安稳。苦也罢，累也罢，对得起天理良心，就能在这远山静水间适意生活。

寻找
生命
的源
泉宇
记之

从扬州，到徽州

白纱罩住了眼，只有黑白的影像从十八世纪走来，显映在历史的底片上。清清瘦瘦的水，疏离简淡的笔，删繁就简的山，留下了江南的冬之魂魄。

我在一个阳历新年的第一天，一片白雾中，到了扬州；在另一个阳历新年的第一天，同样的白雾中，到了徽州。我发现，原来，它们是一对双生子。

建筑是人的智慧和情感的凝结。智慧是用来适应不同的自然地理环境，情感是一定时期群体的审美表达。看徽派建筑，当然要到徽州，屯溪老街的物什已经是后来零散历史的拼接，西递、宏村的木头房子就仍然保持着几百年前的气息。建筑是嵌入山水的珍宝，有了粉墙黛瓦马头墙，徽州的山水才有了生气。

　　看徽派建筑还可以去扬州，扬州在明清时期是连接南北的水陆交通枢纽，为生意人提供了得天独厚的便利。一群群十三四岁的后生伢从徽州素净的山水中走来，苦学勤修，在扬州的大运河码头上演了一出出热闹大戏。行走东关街，我们嗅到一种气息，和徽州的高墙窄巷木骨架建筑里的气息一个味道——几多坚忍，几多离苦。

　　徽州人去扬州谋生计，带去了徽州的建筑，徽州的味道，徽州的审美风格。当徽州人满载财富衣锦还乡的时候，又在家乡开始了一场建筑竞赛，带着扬州的时尚和气派。山水是徽派建筑的背景，徽派建筑和青白山水有同一种格调。高墙高到将青天分割，祠堂藏着徽商的虚荣，也藏着他们对后世子孙的家族训诫和文化密码。即使累积起巨大财富，徽商们也还是没有自信，必得敦促后代读书入仕光耀门楣，必得数祖寻宗承上启下，必得在封建权力中心觅得一方庇佑。

　　徽派建筑到了扬州，印着徽州的密码。一条幽径，一弯瘦水，一扇花窗，一室家具，甚至是一处排水沟，都精思巧用，处处有说法，处处都是对后代子孙的担忧和警示。扬州何园的祠堂后面有一个展览室，有其先祖在安徽望江县耕织时所用农具，单辟屋子作展厅，以警示后世子孙不要忘记先祖起家的艰辛。何家子孙没有辜负祖先期盼。何园被誉为"晚清第一园"，不仅是因为这园子如何之精美，庭院如何之精巧清幽，而是因为何园走出了众多志士达人、学者名流。徽州人到了扬州，有繁华自然有没落，有烈火烹油繁花着锦，也有落魄凄凉破财流离。离何园不远的个园，同样高楼连街，广厦百间，可是几易其主，鲜有始终。修一个园子，需有巨大财富，也要有几世的积累。积累的不仅仅是钱财，还有主人的见识和视野。何园子孙走出了东关街，走出了国门，去海外寻求知识。他们将西洋建筑形式搬到了徽派建筑里，将徽商的开阔心胸和远见卓识也修到了园子里，是以，何家后人人才辈出。

个园，因千竿万竿翠竹而得名。主人在修建之初，心气十足，他要沉醉四季，春山夏水秋亭冬花，精巧至极，风雅绝伦。然而，盛极必衰的封建时代定律还是让个园在百年风雨中飘摇。在个园的万竹园里，半竹之影会不会在每个明月的夜，映出园主人的欢喜和落寞。盛，则独享人间四季；衰，亦摧枯拉朽。子孙不训，家风不振，一代人就能败掉几代人的心血。如今，只有园子里的银桂葱葱郁郁，迎接南北游客笑谈往事。

徽州，扬州，毕竟不同。徽州是田园诗意，是后花园；扬州是商业战场，是前线。扬州的水，是连着京城的。欲知在扬州的徽商们，有多渴望得到权力的庇护，那就得去瘦西湖看看。一花一景一亭一桥，将他们的这种心态呈给帝王看。

这背后有多少心惊胆战和小心翼翼，只有他们自己知道吧！"十三四岁，往外一丢"，徽州伢子在苦难中、磨砺中，渐渐掌握了巨大财富。可他们心中明白，"士农工商"的秩序已经深入心髓，千年不破，他们只能仰人鼻息。于是，后花园里书声琅琅，与高大的家族祠堂相呼应的是学堂。一家读书不够，那就一族读书。一人及第，则能庇护一族。

徽州是扬州的根，是绵延百年徽商文化的基底。

冬日的徽州，最能显出它的气质，那种见过繁华后的空疏散逸。冬日的徽州街头，空气中散发着木头受潮的香味，青石板和砖雕发射出冷清的寒气。土地休耕，泥香合着腐草的气息，这才是江南的田园。

牌坊矗立田间，祠堂边斑驳的白墙下有瘦竹数竿。笔蘸着墨，在宣纸上写下"仁义礼智信"，墨洇开，就是新安江水，就是如黛远山，就是百年文化印痕。徽州，一幅诗意田园的萧离之美，素简。冬日徽州阴冷，无风无雨的时候坐在街边，两杯热茶入肠胃，手脚竟冷了。幸好冬日还有花，红梅花、腊梅花、黄菊花，还有不知名的小红果子，寒山瘦水几尾锦鲤，自得其趣。繁华过后，是落寞的坦然平和。

徽州的味道萦绕在舌尖，有淮扬菜的影子，却比淮扬直爽，率真，实用。菜来得微鲜，微辣，微甜，不浓不淡，适中爽口，契合中庸，适宜田园。菜籽油煎出石头粿，砧木板压出芡实糕，木炭火烤出干菜饼，更有长了浓密雪白绒毛的豆腐，令人咋舌。我爱剁椒，橙红的辣椒在木盆中被捶、捻、砸、夯，最后皮开籽绽，汁红香溢。徽州悠长的日子在舌尖上流走，在绿茶和菊花茶中回甘。

夜幕下，天空阴云，水墨画中有橙红的灯光，那是卖馄饨的小车，就着湿冷寒气喝一碗热汤，顿时热中肠！徽州的微苦微寒都在这冬夜里了。

行走318川藏公路

胆战心惊，心惊胆战！

行走在318国道川藏公路段，一段段让司机也手心冒汗、后脊发凉的天险，就这样从我们车边滑过。

心惊过后，又是一段美得让人窒息的风景，山水草木都商量好了似的，要给精神高度紧张的人一段甜蜜的抚慰，让你觉得不虚此行。就像特洛伊城的长老们看到希腊第一美女海伦时说的："为这样的美人发动战争是值得的。"

我们的去程几乎是逆着自驾游和骑行者的方向而行。大部分人都是开着车，骑着自行车、摩托车，甚至是步行，从四川入藏，一路西行。进入西藏，走芒康，过左贡，穿八宿，住波密，行通麦，再到林芝休整几日，最后去拉萨。从芒康到波密一段，天险重重，318国道最险的一段就在此了。

险在哪里？路窄。

我们乘坐的越野车车身装有距离感应装置，每次和迎面而来的大型货车错车时，感应器都会急促蜂鸣，鼓点一般的报警声最后都能成一条尖利的直线。饶师傅是老司机了，总能在以厘米计的距离和大车擦身而过。坐在副驾驶上的我，一边担心错车时可能会撞上大货车，一边不忘看一眼右边悬崖下面翻滚跳跃的江水。

即使路如此之窄，我们的车还要翻过一座座海拔在4000米以上的高山，上行盘山，下行依旧盘山。很多时候狭窄的盘山路并没有护栏，有的路边有护栏，却已被过往车辆撞得歪歪扭扭。很多时候，车头朝着没有路的地方直冲上去，仿佛要穿进前方云雾。饶师傅两手一划，如打太极拳一般，车头迅速折转，抹过悬崖，峰回路转。有时候，眼看着前方山体层层巨石压在路上方，公路仿佛是在崖壁间掏挖出的一条长洞。那交错于路上方的嶙峋怪石像是头上悬着一把剑，让人头皮发麻，后脊梁发紧。

正赶上西藏雨季，这一路都是雨。饶师傅说，这两天尤其的多。大雨，小雨，太阳雨，雾中飘来的雨，雪里夹着的雨，冰雹里掺着的雨。雨，几乎无处不在。山脚落雨，山腰停，到了山顶雪夹雨。雨让高原的石头跃跃欲试，一块块都想来个高空跳水，然后一头扎进帕隆藏布江，扎进怒江，扎进雅鲁藏布江，扎进那些都叫着曲的河。石头在头上飞，车子在石头下跑。游客的私家车，藏族同胞的小皮卡，拉着电力塔材的大货车，当然，还有一支庞大的高原骑行大军。他们从四面八方来，在川藏线尝试着"眼睛在天堂，身体在地狱"的极致考验。

路险在哪里？曲折。

在川藏公路上，路不是像平原地带那样，一直平平地铺向天边，平平的，缓缓的，是个路的样子。在这里，路就像是一个会跳舞的带子，在高山深壑间左右腾挪，时而轻轻地贴在峭壁山岩上，时而顺着咆哮的江水悄悄地走。路没有路，只是在找一个通往目的地的方法。百折千回，斗折蛇行。为了去东方，我们需要先向西方走，先向南方走，先向北方走，先向上方走。不管怎么走，为了到达目的地，路想尽了办法。

说到曲折，最绝的莫过于"天路72道拐"。拐，就是道路折返。72道拐，又何止72道？饶师傅说起码得100多道拐。平地开车，小于90度的折返，司机都会小心。到了72道拐，从谷底爬到山顶，每一个拐几乎都是30度左右的折返。我问饶师傅，过72道拐难不难？饶师傅说，得足够慢，天气也得好。

不幸的是，我们第一次过的时候，雾气已经让人看不到十米远的地方，更别说对面山坡冲下来的大货车。我们只能凭借声音，听着沉闷的"嘟嘟"声，然后，一个铁锈红的庞然大物轰鸣着，从弯道拐过正面迎来，没有几分胆识真是开不了车。如果我是司机，真是要弃车而逃了。大货车一般车体超长，过拐的时候必须占用对面车道。如果恰逢我们的车也在拐点，就得停车，倒车让行。倒车？在山坡悬崖边。那真是一寸一寸地倒，还得注意路基状况。饶师傅说，当年修建川藏公路的时候，牺牲了很多解放军战士，尤其是在72道拐，几乎是每修一公里就要带走一个战士年轻鲜活的生命。看着窗外的雨雾，我的心也是湿的。这是一条用生命铸就的路啊！

后来，我在网上看到一幅川藏线线路图，标出了沿线的海拔。那幅图是2012年绘成，打眼一看就像是一幅不规则的电波图。一个个尖尖的波峰就是一座座海拔在4000米以上的高峰，一个个波谷就是一条条江水盘绕的沟壑。西藏最低的一处是排龙，海拔1930米。然后，从排龙一路攀升到海拔4325米的安久拉山。回想那一段，我们是在密林中穿行的，新修的柏油路和公路上方的明洞，已经化解了不少艰险。饶师傅指以前的给我们看，那就是一段挂在江边岩壁上的砂石路，其险要是我们无法想象的。据说，去年走那一段还要3个小时呢，如今只需40分钟了。

路之艰险，还在沿途的地质灾害。

每年，都有不远千里骑车来到川藏线的骑友，"最美景观大道""骑行天堂"等美誉让318国道川藏线成为骑友、旅友心中的梦。可是，仅从林芝到芒康这一段来说，我所见之道路都是年复一年、日复一日地被各种地质灾害侵扰。排龙天险和怒江天险都是道路从海拔2000米左右的河谷一下子攀升到海拔4000多米的高山。很多时候，道路就像是缠在山腰上的一条软软的绳子。路上方是巨石压顶。其实，巨石还好，可怕的是碎石压顶。那石块眼看着就要飞出崖壁，飞向车顶。路的下方是奔腾的大江。尤其是怒江，在雨季，浑浊的江水从高山上奋力跳下，前涌后推，翻转回旋。头一个水头还未到，后一个水头就狠狠地推着前一个撞向水中乱石。这强大的势能仿佛要带走一切挡住它去路的东西。

坐在车上，看前方山石，会心中忧戚；看下面的江水，需按住胸中狂跳的心脏。通过怒江天险的时候，天正下小雨，湿漉漉的路面处处有危险。那感觉就像是，随时会有一只老虎跳出来咬人。饶师傅不时看看车前方的山体，碰到堵车正好堵在破碎山崖下的路，饶师傅会将车子尽量远离山体。

大大小小的石块散布在路边，路，只留下两条被前车压过的车辙。如果不是前面有人将石块搬到路边，即使是大型越野车也无法通过。在藏中联网工程建设指挥部，我遇到的工程参建者，几乎每个人都能给我说出一段在318的历险。即便如此，他们中的有些人一个月还要从林芝到昌都全线走上两三趟。沿线正在一个个组装的铁塔是他们的事业，也是西藏电网重要的一部分。有一位工程师对我说："这段路的每一个拐弯我都熟悉，一见到路边的高大铁塔，我心中就莫名自豪。"我想，没有这份自豪，任何人也无法天天面对这条险路。

当然，如何艰险就有如何之美景。在翻越一座座高山的时候、穿行一条条深谷的时候，各种奇绝景观也自然呈现。前一刻还在谷底，绿树森森、小溪潺潺、山花遍地，后一时就能看到高山草甸、绿丘旖旎、白云飞翔。前一刻还穿着短袖衫、吹着清凉的江上之风，不一会儿就要添衣加帽，最后到了海拔4000米以上的山顶就要棉袄加身。

一天有了四季，这一天就丰富了，一天的生命体验也就不同寻常。我们曾在经历一段险路后，就在路边停歇，买了西瓜消暑止渴，享受8月的阳光和大树阴凉，谈笑如常。我们也在将近日暮的大雪纷飞的山顶上，遇到冰天雪地里车子熄火寒冷难耐求助的人。饶师傅和来往车主热心帮助，不惜时间助人脱困。

一天，在人的生命长河中可谓短暂，恰如浪花一朵。但在318国道上的一天，却可以被拉得很长很长。长得如一声悠长的叹息，赞叹大自然的神力，赞叹山河的气势，赞叹人们将巨型铁塔架在天险之上的气魄。

唤醒纳木错

　　离天最近的是人，人的影子映在水中，水里有蓝天白云，天上有水之蓝，洁白的牦牛。

　　到了纳木错，我才知道，不仅美女爱妆镜台，蓝天和白云同样喜爱对镜梳妆。也许，它们太寂寞了，就自顾自地将容颜映照在藏北草原那片水之上。

　　从那根拉山口看纳木错的水，它是仙女留在人间的眼泪，冰蓝，闪亮。远远的，天穹之下；远远的，大地之遥。那水比高高的天还蓝，比蓝宝石还诱人。它好似情人的眼，眼含柔情，看着每一个赞美它的来客。于是，那根拉山口的巨石上，人们雕刻上了仓央嘉措的情诗。每一个不惜千辛万苦来到这里的人，见到纳木错都会深深呼吸，在山口的风中按住狂跳的心，从灵魂深处生出有灵以来最温柔的情感吧！

　　那一年／磕长头匍匐在山路／不为觐见／只为贴着你的温暖

　　那一年／转山转水转佛塔／不为来生／只为途中与你相见

　　一首写给情人的诗，不提仓央嘉措的传奇故事，只是诗歌本身也足以温柔了世间的铁石心肠。权力、地位、阴谋，在纳木错面前算得了什么？我愿意相信，这是仓央嘉措写给纳木错的情诗。默默读来，你的眼神会不自觉地温柔起来，会投向远方的纳木错。

　　红颜终归尘土，朝花终于凋零，美好的韶华最难追，纳木错啊！历经原始的大陆架变迁，屹立在青藏高原之上。她不唱，不舞，不笑亦不语，就静静地躺卧着。有念青唐古拉雪山滋养，千万年来，她不曾减少一丝盛颜，不曾缺失一分光华。

　　纳木错，让人疯狂的纳木错，让人疼惜的纳木错，让人爱入骨髓的纳木错。你捧着心，溢出泪，又笑出梨涡，她还是静静的、悠悠的。你以为她高傲、圣洁，不近人情；但当你走近她，才发现她已经在悄悄地应和着你的心。湖面银子般的光，闪着，动着，亮着，是不是她在向你调皮眨眼？

此时正午，我的心情大好，她的心情也不错。

你看那远处的浅蓝和深碧，不就是快乐的颜色么？近处水底，细石折射出五彩的光。稍远处的湖水，呈现出棕绿色、青白色、浅绿色、水蓝色，一层层，一道道，一叠叠，一直铺到天边。这色彩是她在诉说心事。她有心事么？念青唐古拉山一直陪着她，五个岛屿也一直陪着她，还有水边的飞禽走兽、游鱼细石，都陪着她。每到人间羊年，大批信徒涌来，膜拜她，亲吻她，五体投地，用手和脸摸索着岸边的砂石细土。他们知道，天会变，地会变，四季会变，人和动植物都会变，但纳木错不会变。纳木错就是永恒，和神一样，与神同在。

有时，纳木错的水会冲到草原上，又慢慢地退回湖床，在岸边留下了一道道水痕。夜里，在月光的召唤下，纳木错会悄悄奔到湖边巨石脚下，听嘤嘤呢呢的梵音。最终，她还是退回到湖床上。因为，那么多正在途中的人和物在等着她。鸟儿轻振羽翅，带来雪山的问候；鱼儿滑动鳍，带来湖底沙子的温度；人们带着困惑和彷徨，扑向湖边，向她寻求灵魂永恒的静。

天上的云，飘忽而来，倏忽而去。一头白牦牛在水边静静站着，石化一般，不鸣不动。它应是神的使者，从天而降，白毛白须，白蹄白尾；它应是神女的坐骑，载着神女虔诚的追求者。此时，风静云闲，所有的凡尘之恼都如尘埃一般被洗净。

我想骑着白牦牛唱一首远古的神曲，唤醒纳木错，让她听到我的心。

纳木错啊！我知道，你在静静等着我。

我在湖岸边，疯，闹，跑，跳。我和同伴互相追逐，像孩子一样天真嬉戏。我时而笑、时而嗔、眉目传情，好像十八岁一样；我时而静、时而思、低头冥想，好像从未衰老过，好像昨夜从未哭泣过。

我见到了纳木错，我的心说：呀，我见过你啊！我在婴儿的梦里见过你，那曾经是天堂留下的映像！也是一片蔚蓝深邃的水，也是无拘无碍的蓝色天空和无时无刻不在变幻的云朵，也是那种纯净透明毫无渣滓的空气，也是那种让人心跳加速叩击心房的感觉。

林芝的雨

　　林芝的雨一天到底下了多少场，气象台也说不清吧！还未到林芝，她闻名遐迩的"西藏的江南"之声名已经让人心中生出急不可耐要一睹芳容之情。

　　飞机飞到林芝上空，从舷窗向外看，南迦巴瓦峰白色的顶子在青云之上浮着，俨然云海之上的仙山。

　　云海下面的山川河流就都在云朵的遮遮掩掩下，躲躲藏藏。有那么一刹那，云儿突然散去，一片大好河山直愣愣扑到了眼前。一条大江贴在山谷里，犹如大地之上生出了一棵巨大的树，支流如大树之枝丫在江滩上舒展。嵌在绿峰间的不仅有江河，还有一块块黄绿相间的田地。

　　立秋节气，黄河长江岸边都是收获景象，林芝的青稞田却因海拔高低差，有了不同的成熟度，呈现出青绿色块错落有致的层次感。野性的原始森林在这些人类劳作的田地中，也有了几许温柔。

这西藏的江南，给人的第一印象是温柔敦厚！细细品味，温柔中又有几分俏皮，敦厚里有几许野性的从容。

出航站楼，云朵相互扯着，和风一起走了。午后阳光从亮蓝的天空直直射下，皮肤热乎乎的，风儿也柔柔的。没有预期的高原反应，我反而有了回家的感觉。

突然，几滴雨不知从哪朵云儿里钻了出来，轻轻撒在身上，我赶忙拿雨伞。等撑开雨伞，雨儿又跑了，只留下我望着空中的疑惑的脸。

据国家电网公司藏中联网工程指挥部的同事说，现在是林芝的雨季，通常夜里落雨，白天就晴，这时节是林芝含氧量最高的季节。且不说那河流奔腾，森林茂密，单说这雨水，就让林芝有了骄傲的资本。

其实，我以为，江南二字未必能将林芝的神韵表达出来。江南是小家碧玉、雨巷丁香、歌楼画舫的，是风流才子、红粉佳人、吟风弄月的，是富甲天下、傲视四方、唯我独尊的。

林芝，却不是如此。她是西藏高原上的卓玛，散发着原始的气息。河流是她的血液，山林是她的毛发，大地是她的皮肤，风儿是她的气息，雨儿是她的泪珠，云儿是她的发饰。她卧在冈底斯山和念青唐古拉山之间，躺在雅鲁藏布江和尼洋河的交汇之地。她是自由的精灵，多情可为你抛洒泪珠，转眼又笑靥轻扬，灿若朝霞。春天，大气热烈的野桃花装扮她，秋日里，五彩斑斓的森林成为她的裙裳。位居高处，她遗世独立，仿佛全然不知自己的美。美得不自知，美得接天踏地，却白白让世人将这原始的女神比作江南的娇小世俗女子。

林芝，轻轻说声对不起，"西藏的江南"，这不恰当的比喻让我误读了你。

江南，是历史文化意义上的称谓。林芝，却适合给现代人现世的慰藉。据说，在西藏其他地方有严重高原反应的人可以来此修养身体，在中国有城市病的人可以到这里感受自然的原始的神力。林芝有着如母亲一般的胸怀和气度，她为人们存储了丰富的水资源，珍稀的动植物资源，还有数不尽的天然珍宝。当然，还有她多情温柔的雨。雨，让林芝气韵生动，灵透通达。

看，林芝的雨，在一夜之间落尽。早起，远山画在了天边，云雾缠山腰，空气里没有江南夜雨那种湿漉漉的拧得出水来的湿泞，林芝的雨会给你的呼吸道一剂清凉的熨帖。指挥部里，花草树木上的水珠晶莹饱满，鼓胀胀的，雨露甘霖是神赐，是一场天地间水的循环。正午，耀眼的日光无遮无拦地照透大地。然后，云朵舞蹈，变幻无形，渐聚渐多。傍晚，再来一场西边日暮东边雨的华丽演出。

　　雨，成就了夏日林芝的所有付出，我在飘飘洒洒的雨中快乐地出发。

大理的水

　　到过云南大理的人，心心念念的是大理的风花雪月。下关的风温柔湿润，滋润着上关四季的花朵，苍山的雪映照着洱海明月皎洁。而那些在大理度过的时光，那些浸润着浪漫和诗意的日子，足以填满你对苍山洱海的憧憬。

　　到了大理，我却被那一方水的记忆萦绕。一行欢快的明澈小溪，如影随形的奔腾江河，形如新月的苍茫洱海，大理的水让我不能释怀。

洱海

　　秋日大理之行，来得突然，急急从彩云之端降落，便迎来一身细雨。

　　接站的大理金花（大理当地人称年轻女子为金花），雪衣艳服，水般莹润。车子绕着一片波光粼粼的水面兜了半个圈，街边皆是海景房。同行的人乐了，"呦，这里有海景房哎！"金花莞尔一笑："这是洱海，所以有海景房。"早对这块群山间的无瑕美玉向往心仪，今日得见，分外亲切。洱海在汉代名载史册，是白族同胞的母亲湖，也是古代大理政治、经济和文化的摇篮。

入夜，随三五好友顺着城里的洱河走向"入海口"。过一座灯光闪烁的大桥，喧嚣顿减，黑乌乌的海面瞬间将我们笼罩在一种神秘的氛围中。此时正是农历八月末，无缘一见那据说格外亮而圆的洱海之月。远处苍山边几点灯光，或明或暗，勾勒出一片水面。洱海静谧安详，仿佛已入眠。不敢打扰这神秘的所在，我们当即折返。

自古及今，无数文人高士写下了赞美洱海的诗句，诸如"水光万顷开天镜，山色四时环翠屏"。这一汪碧水，吸引了人们在洱海边流连忘返。高原出湖泊，亦如世界上许多临水而居的民族一样，早在公元前4世纪，白族祖先就在这里繁衍生息，并创造了灿烂的新石器文化。随后，秦汉在此建立行政机构，开始了中央王朝对大理的统治。历经三国割据、隋唐之际的战乱，历经南诏、大理政权的更迭，更历经了元明清三朝的集权，洱海边的人们总能以淳朴而欢快的本色生活面对那遥远王朝的政令。海纳百川，洱海包容的岂是一时一地的苦难。

也许是高原更接近天空，也许是洱海是由117条河溪之水汇入形成，生活在洱海之滨的人们给人的印象坦然而稳妥。水中孕育大理古城，在今天显出别样风光。

漫步大理古城，街街流水，户户养花，虽然是后来重新修葺，却也能再现古城神韵。流水淙淙，水声悦耳，总有那么一簇簇溪水泛起的水花吸引你的目光。这水，让原本喧闹的街市多了几分与自然的和谐通畅。不知怎的，初到大理，却有了家的感觉。

沘江

走近大理的山山水水，无处不在的歌声会向你传达一种信念：生活是美好的，生命是在奔跑的。

田间劳作的采茶姑娘唱着高亢明亮的劳歌，马帮远行时带着阿妹的离歌，古城开着小店的年轻店主也会哼着时下热歌。这悦耳的歌声，如欢快的流水声时常响在游人耳边，似香甜的大理三道茶品在游人唇边。

伴着歌声，我们追寻千年白族村寨诺邓的身影。诺邓古镇在大理云龙县，因盐业发达，曾是滇西重镇。车子在群山间行进，左穿右绕，跃河过桥，始终有一条奔腾的红色河水伴随。这水，一会儿在群山间的峡谷形成缓缓流淌的红色水镜，一会儿借山势飞跃而下跳进深涧，一会儿又在古雅的木质廊桥下温顺流淌。随行的大理金花介绍，这是云龙最重要的河流——沘江，属于澜沧江水系。晴天时，沘江水清亮，到了雨天，因两岸的红土便成了一条红河。沿途，看到沘江上有几座小水电站。原来，沘江由北向南流经云龙4个乡镇36个村子，水面纵比大，拥有丰富的水电和灌溉资源。

面对奔腾大河而居，这里的山地白族有着坚强的性格。顺着刻有深深马蹄印的青石板路爬上诺邓镇山顶，沿途是一口口古老的盐井。盐，是中国古代重要的资源。明清以来，盐商是富有的代名词。诺邓，昔日因盐而兴，近代因盐而衰。明清，诺邓的盐被朝廷紧紧掌握。从筑在诺邓镇山顶威震一方的五井提举司衙门旧址，可以想见，当年这里曾为大理创造了富甲一方的神话。

如今，这个千年古镇虽然在时光的磨砺中略显衰老，但是依山而建的层层叠叠的民居却因旅游而盛。从《舌尖上的中国》走出的诺邓火腿，让诺邓人看到了希望。黄泥和着稻草作墙壁，青石板垒出的盐马古道，让闻着火腿奇香聚集而来的八方食客惊叹。穿过古镇的溪水越过千年，依然甜美可口。爬山累了，你随时可以找到一个水口拿起放在石条上的碗，舀一碗清甜入口。前不久，诺邓古镇入选"中国少数民族特色村寨"。

古人已去，泚江长流，这自强不息的信念正是泚江江水带给人们的启示吧！

弥渡

"月亮出来亮汪汪啊，亮汪汪，想起我的阿哥在深山……"是谁家的姑娘在村口张望，婉转清脆的歌声，如山野的清风，吹进了阿哥的心里。

大理弥渡古镇是民歌之乡，在村口小河边，一位金花一张口就震住了我们。

1947年春，云南大学校园，一个明月高悬的夜，尹宜公将一首家乡民歌传播到了全世界。从此，这首《小河淌水》以超越时空的魅力，感染着每一位听众，西方音乐界称之为"东方小夜曲"。是什么样的地方孕育出这妙不可言的曲调，尹宜公的家乡弥渡带我们回到小河淌水的源头。

美丽的弥渡少女爱上了马帮的阿哥，阿哥赠她玉手镯为信。阿哥要随马帮远行，二人因爱约定归期。可是马帮生活艰险，阿哥在途中遇难。三年后，马帮回转，马锅头不忍心告诉少女真相，便谎称阿哥变心不再来。可是痴情少女不相信，夜夜守望在小河边，唱着悠扬哀怨的曲子。"月亮出来照半坡呀照半坡，望见月亮想起我阿哥……"十年后，马锅头最后一次经过这里，告诉了少女真相，少女终生在小河边诉说着对阿哥的不尽思念。"悲莫悲兮生别离"，这冰清玉洁的纯美爱情感动了无数人。

闻歌溯源，弥渡不愧是歌的故乡。走在五尺宽的茶马古道上，沿道而建的商铺都被岁月的风霜洗净了繁华。弥渡地处大理东南部，是滇西北门户。这里自古战乱频发，民族杂居，南来北往的马帮人给这里带来了繁荣，也留下了深夜静思的寂寥。他们用歌声倾诉浓浓的乡愁，用歌声驱散旅途中生与死的恐惧。这些山歌小调，口耳相传，将世代人们心中复杂的情感明澈清晰地表达出来。

时间流逝，小河淌水，古道夕阳，清脆悠扬的马铃声已经远去，赶马人和古镇少女的纯真爱情依旧在明净的小河水中流淌，在人们的传唱中，真爱得以永恒。

升钟湖

中秋之后，川北南部县，三秋桂子花落，十里荷塘结实。得缘入川第一站就在南部住下，有幸与一群志同道合的朋友在小城盘桓几日，领略那一份川人的悠闲和安适。

秦岭余脉，有嘉陵江最大支流西河，河水蜿蜒，静静流淌，养育一方百姓。20世纪50年代，为嘉陵江下游千里沃野旱涝保收，南部人牺牲了自己的家园，建成升钟湖水库。也许是为了感谢这善良的人们，那一汪碧水沉静在葱茏的丘陵间，形成了一幅景致绝佳的山水画。

山不高，但人文古迹久远；水不深，却盛产河鲜水产。山水间，星星点点的是粉墙黛瓦的渔家。失却了土地的山民，政府没有忘记，为他们引来了友人佳客。

好山好水，引发大家豪情逸兴，乘兴登舟泛波在绿岛棋布的升钟湖上。两岸青山排闼而来，湖面平如镜，湖水绿如蓝，游船在澄净明澈的湖面上划开一条浅浅的波痕，这清浅波痕随即被抚平，水面光洁。怎能错过这好景致，同行人呼朋唤友留影纪念。美丽的风景带不走，就让它定格在影像中吧！

船家见我们好兴致，船舵轻摆，游船靠近左岸，只见一座碧山向我们走来。透过湖面水雾，隐约可见人家。船上，老罗是本地通，他说那就是临江坪村，家家枕河、户户通舟，朝有水鸟争鸣，暮有渔歌问答。迎着湖面清凉湿润的秋风，我们陶醉在这如诗的山水中。升钟湖是西南地区最大的人工湖泊，常年平均气温16.4摄氏度，冬暖夏凉。他处秋阳高照、秋风渐紧，此地依然温润怡人。

有人惊奇地发现离渔村不远处，有两人在岸边静静坐着，一袭连帽的黄衫在青碧山水间十分抢眼。老罗说，那是参加2013年升钟湖钓鱼大奖赛野钓大赛的选手在比赛。原来，流连此地山水的游客大都有一个共同的爱好，那就是钓鱼。生态优良、水清可饮，渔业资源异常丰富，银鱼红尾、翘嘴鲌鲤，南部县吸引了全世界的垂钓选手。每年金秋时节，散布在升钟湖畔的渔家乐便异常热闹，临江坪村前几天还举行了渔家乐烹饪大赛，为游客和钓鱼选手送上天然的美味。

优良的自然环境和热情好客的南部人，把家乡的这一汪碧山秀水变成了一个天然的钓池。来自全国的钓鱼爱好者，甚至全世界的垂钓高手纷纷赶来，参加一场垂钓的盛宴。老罗向我们介绍了野钓比赛规则：首先要抽签确定钓区钓位，然后选手4人一组，轮番上阵，展开三天三夜的"人鱼大战"。选手需自备帐篷，湖边露营。渔家乐将饭食送到比赛地点。大家啧啧惊叹，这样废寝忘食，和古代的科举考试也有一拼吧！真是一场体力、耐力和技艺的较量。不知谁说了一句，全世界的钓鱼高手云集，湖里的鱼儿岂不断子绝孙？老罗笑答："我们南部人可舍不得！"选手钓到30厘米以下的鱼无效，需要放回湖中。30厘米以上的鱼计重后，也要放生。据说，昨天成都钓鱼人三队钓到了本次比赛的鱼王——一尾重达11.9千克的大鱼，记者还来不及赶到拍照，工作人员就已计重完放回了湖中。

同行有人跃跃欲试，也想一展身手，老罗说，先别急，业余的人想野钓很难，不如去这里的国际标准钓鱼池。离舟登岸，站一处高台，俯身下探，一处水湾里有一大片棋盘式的水田，水边搭起了一溜遮阳伞。大家交口称赞，这可真是垂钓爱好者的天堂啊！老罗颇为自豪："我们升钟湖可是国家体育总局确定的'钓鱼竞赛训练基地'，也是全国唯一能同时举办世界级池钓、野钓、路亚钓大赛的天然赛场。"

　　时间很短，行程很满，离开升钟湖，我们恋恋不舍，心中却在谋划着，什么时候得闲在此多住几日，做一个垂钓湖上的闲适散人。

路上的回响

火车是梦想和现实的连接点。

它带着梦境的映像进入我的记忆，进入我的写作中。

铿锵有力的钢轨声是我的文字的节奏和韵律，快速移动的风景是我写作中跳跃的灵感。

一苇箬叶出平湖

　　每到初夏，雨水丰沛、绿草葱茏的时候，我都会想起他。

　　他爱国忧民、志行高洁，他励精图治、上下求索，他改革法治、举贤授能，他博闻强识、娴于辞令。他有赤豹文狸，有香草美人，有与日月同光的气度，有与天地同寿的豪情。

　　我写下的这些词语，几乎成为他的专属，他的人格魅力和文章才情却远远比这些语言丰富。

　　他是屈原。

为水二迁屈原祠

　　滚滚长江水，带走的是随波逐流的飘叶浮萍，留下的是中流砥柱的精神气质。说到屈原，他应该就是站在奔流的大江中的一块砥柱之石吧!

浩浩大江,星汉灿烂,他短暂的人生所绽放的光华已升入夜空,成为历史文明星空中一颗璀璨的星,也标志着那个时代中华文明的一个精神高度。

4月,我有幸到屈原故里——湖北秭归,到屈原祠凭吊这位伟大的爱国诗人。

今天的屈原祠坐落在长江北岸。三峡大坝形成了高峡平湖,平静的水面之北有凤凰山。屈原祠依山而建,正门面朝大江。还未进山门,我就来来回回绕着凤凰山走了好几遭,绕着屈原祠走了好几圈,竟然有一种近乡情怯的感觉。我并非湖北人,况且还是第一次到楚地。我想,应该是从小到大过了这么多端午节,却是第一次离屈原这么近的缘故。就像见到了心仪已久的明星,曾经在心中千百遍呼唤过他的名字。从第一次吃粽子听屈原的故事,到少年时代吟诵楚辞了解屈原生平,我和屈原,应是相识很久了。杜甫当日读宋玉赋有"怅望千秋一洒泪,萧条异代不同时"的感叹。我到了屈原祠,一种油然而生的崇敬和惺惺相惜的感觉慑住了我的心魄。

未进屈原祠,就被山门外的碑廊留住了脚步。同事催我,我却对着大江开始读《山鬼》,和往昔在别处读,又有不同。清凉,坚硬,摸索着青色的碑面,那些新刻下的字,还泛着苍白色,却字字千斤。

仰头处，吟咏《九歌》里的佳句；低头时，体悟《九章》里的哀伤。碑廊的制作水平一般，普普通通的青石，简单粗陋的刻工，但是，这些彪炳千秋的佳句，力透石碑。不加标点的白文，一唱三叹的抒情体借着"兮"字助势，将楚辞的韵律和节奏完美展现出来。反复习读，犹如吟唱，口角留香，让人仿佛能感受到这位人格近乎完美、才华光耀千古的东方诗魂的气息。

碑廊不远处，气势恢宏的山门与远处的三峡大坝相对。土红色的立柱、白色的墙面、绿色的琉璃瓦。重檐飞翘，三面牌楼，六柱五间，三级压顶，在苍翠山林间高标独立。据说这是按照唐代屈原祠的模型修建的，具有浓厚的楚地文化特色。

唐元和十五年（820），那时秭归还叫归州。当时的归州刺史王茂元首建屈原祠于州城东5里的屈沱。凝视着第一座屈原祠的青绿色的微缩模型，我能感受到唐人对屈原的崇敬。宋元明清，屈原祠屡坏屡修，经历过数次不同程度的修葺。屈原祠是千年来士子们瞻仰这位先贤的圣地。宋神宗就封屈原为"清烈公"，屈原祠一度改名为"清烈公祠"。长江葛洲坝水利工程兴建，屈原祠迁往距当时的秭归县城3公里的向家坪。三峡工程兴建后，长江水位再次升高，屈原祠迁到了凤凰山。两次搬迁，一次比一次隆重，屈原祠的占地面积也一次比一次广。

"孤忠""流芳"，山门两侧的这两个词，取自唐代屈原祠。历代维修迁址，屈原祠山门的建筑风格和装饰都完好保留，包括镶嵌在山门正中的"屈原祠"和山门的匾额上"光争日月"四个金光大字。"孤忠"和"流芳"是唐人概括屈原作为政治家和诗人的双重身份下的定语。

事实上，这些评语自汉代开始就出现在历史文献中，出现在文人的作品里。只是到了唐代，这几个词的评价渐成定论。虽说历史从来都是当代人的评说，而且时移势易，有些历史人物的评价还可能会出现截然相反的论调。可是，两千多年来，人们给予屈原的敬意和推崇始终如一，且历久弥新。唐代国力强盛，万国来朝，体现国家软实力的中华文化也通过丝绸之路远播欧亚大陆。

给历史名人以恰当的定位，也应该是唐人对中华文明的一种贡献吧。而屈原所代表的爱国精神，又恰恰是凝聚人心的重要标尺。

楚地只合唱《离骚》

我常常在古人的作品里寻找蛛丝马迹，哪怕有一丝描写他们相貌的语言，我都会在心中勾勒他们的模样。

眉头紧锁，宽袍大袖，衣袂飘飘；下方是波浪翻滚的江水，人们划着龙舟前来相迎。儿时的记忆深刻，以为那就应该是屈原的样子。

现在，我站在屈原祠中心，一座青铜像赫然闯入我的眼帘，他微微低头，眉宇紧锁，体稍前倾，迈动右脚，提起左手，两袖生风。我仰着头，在正午的阳光下，眯着眼向上看，铜像散射出别样光芒。

天地依旧，江水东流，历史在回环往复间走向了新的时代。屈原所在的时代和我们生活的时代，相去已远，世道人心也大不相同，但是屈原的一颗为国为民的真心，到了今天依然熠熠生辉。

屈原祠的正殿，宽阔敞亮。一尊屈原的雕像，一张巨大的条几，条几上供奉着鲜花，雕像后面的墙壁上，画着儿时教科书里的那些画。江水波澜，屈原在云间归来，人们在水中赛龙舟，扔粽子。

正殿里没有一件多余的物件，清清爽爽。同事说，以前还有老乡在此三叩九拜、求神问卜，后来政府部门出面，将杂七杂八的物事都清理了出去。我心想，幸亏如此，不然可就屈了屈原了。

这时候，有白头长者在雕像前轻轻鞠躬，与屈原塑像对视良久。他离开后，我两手相拱，微俯上身，颔首，轻轻晃动三下，以君子之礼相对。我想告诉屈原，他精心结撰的《楚辞》成为后世诗歌的源头之一，他的人格成为后世文人士大夫心中的理想。他以清纯洁净的身心祭奠了楚地文化，楚地文化后来成为中华文明重要的一部分，远播世界。

清凉高敞的大殿里，屈原的魂在画中，在静止的雕塑上，也到了我的心中。

少年时代的回忆最真切。那时候我恰在长江下游北岸的小镇读书，《楚辞》是必读篇目。那时候，读罢《诗经》再看《楚辞》，我好像找到了知音。奋发进取却不与世俗同流合污，这样的桀骜与志气恰与少年时的我十分合拍。好像在伟大的人身上找到了自己，也顿生出凌云之意。如今再见屈子，便觉亲切。

出了正殿，再站到6.42米高的屈原青铜像下，再瞻其容颜气度，少年时代的豪情荡回胸中。这就是那个出身高贵而又忧国忧民的正则，是那个屡遭谗言而又不言放弃的灵均，是那个文质彬彬而又诗情烂漫的屈子啊！

以铜像的角度眺望远方，可以凝视大江东去，看历史风云变幻。他的楚国早已湮灭在历史长河，他的乡亲世代在山峡间奔劳。千百年来，家国兴亡，沧海桑田，奔涌飞跃的长江三峡水也变成了一面平静的湖，如镜子一般照射着未来。千载之下，屈原的魂还应该在云蒸霞蔚的三峡之间。他应该感到欣慰，楚国虽亡，但楚地文化一脉相承、源远流长，《楚辞》更成为后世以文闻名者竞相模仿和学习的对象。

文化和人的生活密不可分。在黄河平原的开阔地，中原人民唱出了《诗经》的天真无邪，而在气候温润、河流湍急的楚地，山川灵秀，物华天宝，却孕育出了一位汉语言的奇瑰之才。

屈原将楚地山川风物化为名篇，将历史风情做成佳句。"楚语，楚声，楚地，楚物"，这浓得化不开的乡情，成就了屈原，更惊艳了中国文学。那种超于四言的骚体，活泼、俏皮，合着奇特的楚地风俗，踏着江水的节奏和韵律，在后代童子的读书声中传颂着。忠贞不阿的爱国理想、追求真理的求索精神、文章灿烂的诗性情怀，都被光华灿烂的楚辞所承载，以至于，后世文人能在楚辞的情感脉络中寻得一丝慰藉和精神的共鸣。

热热闹闹大端午

"节分端午自谁言？万古传闻为屈原。"对于秭归人来说，不管是传说，还是当地风俗，端午节都有着不同寻常的意义。

秭归的同事说，他们整个五月都是在过节的。

每年农历五月，秭归人要过三次端午节。五月初五是"头端午"，五月十五是"大端午"，五月二十五是"末端午"。

作为屈原的故乡人，他们有什么理由不狂欢一场呢？其实，还未到农历五月，秭归人就开始准备了。这个节日，对他们来说，是仅次于春节的节日，出门在外的人都会想法回家过端午。

秭归是端午节的发祥地，是影响世界华人以及中华文化圈端午文化的强劲辐射源。穿越古今，撒播万里，秭归人将屈原的精神和端午习俗融合，给予每一个初夏时节以独特内涵。

一个文化习俗的生发之地，一定有它独特的人文地理。

在秭归，民间保留的端午习俗非常丰富。关于屈原的传说也世系相沿。峡江地貌，云雨多变，这就是端午文化的温床。屈原祠里有端午文化民俗馆，这里详细介绍了秭归人古往今来过端午的习俗：吃粽子，划龙舟，挂艾蒿、菖蒲，饮雄黄酒，挂荷包，拴五色丝线，悬钟馗像。这些习俗都在秭归人的端午节日里。端午文化在传播的过程中，在不同的地域环境有了不同的体现。

秭归人三过端午、躲端阳、"骚坛"诗会、游江招魂、向江中抛粽子、稻场娱乐、公祭屈原等活动是其他地方几乎没有的。比如，每年，文化和旅游部、国务院台湾事务办公室和湖北省人民政府都会在秭归举办端午文化节暨海峡两岸屈原文化论坛。龙舟赛会吸引全国各地近千名选手和40支龙舟齐聚这里。

同事指着江边一处叫徐家冲港湾的平静水湾说，那里就是举办龙舟赛的地方。端午的时候，水上岸边锣鼓喧天、呼声震地。

我对赛龙舟没多大兴趣，关注点却在"骚坛"诗会。

先秦时代，《诗经》和《楚辞》还都有着民谣的成分，是乡间俚俗的文化形式。等到逐渐被奉上文学的圣殿，就渐渐脱离了民间的滋养。那种清新活泼的诗歌，曾经是我们民族文化生活最鲜活的印记。屈原以故土歌谣的形式抒发情感，从而让楚辞这种文体在中国文学园囿里生根发芽，滋养浇灌后世的文学之花。在屈原故里，人们举办的模仿楚辞的诗会，却是别的地方没有的，这诗会让清新活泼、通脱豁达的民间俗语进入诗歌创作。

虽然没有机会看到真正的诗会，但我在一张展板上看到了"骚体"诗会举办时的情景。照片上是当地的普通居民，也许他们前一刻还在田间劳作，还在办公室里处理文案，抑或在课堂上教书育人，一旦到了"骚体"诗会上，他们就成了诗人。他们将花了一年时间精心创作、打磨的骚体诗，以虔诚的心奉献给自己的乡亲——三闾大夫屈原。没有高严的庙堂，没有华丽的装饰，就是一处民居，一张桌子几条凳，吟诵的人如痴如醉，倾听的人频频点头。在秭归，民间文化的繁盛可见一斑。

后来，了解到当地政府会在端午节期间组织一些文娱表演，名曰"端午诗会"，只吟诵屈原的作品。中小学生穿着汉服，一场场地演。不知道现场效果如何，只是觉得还是"骚体"诗会来得解味、过瘾。

听同事介绍，他们家过端午热闹非凡，我心里羡慕得紧。我的故乡虽然诗书礼仪繁盛，但是过端午，无非只是吃粽子，插艾草，哪里有许多"花样"。同事见我黯然，安慰我，全国各地过端午，习俗都不同，但是秭归最多最有意思，因为这里是发源地嘛！我深以为然。民俗在传播的过程中，也是有适者生存法则的。比如，北地少粽叶，会以芦苇叶代之，少糯米就以黄黏米代之。再比如，在西部缺水之地，划龙舟是不可能的了，而像包粽子、挂彩蛋或者绑五彩丝线这样便于操办的生命力就最强了。还有一些诸如走亲戚、送节礼、回娘家等一般的节日礼俗，也容易保留传播，以满足乡人维系亲情的需求。不过，千变万变，端午节的内核其实从未改变。与很多节日虚无缥缈的神话故事源头相比，端午节蕴含的民众对家国深沉的爱，具有穿越古今的力量。

走出屈原祠，站在山门前的广场上，你会有一种古往今来，天地悠悠的感叹。山门前是浩浩汤汤的长江，山门借凤凰山之势，显得巍峨厚重，山门后面两侧的配房白墙黑脊，犹如条条滚龙护着山门。

在广场上盘桓几圈，在一处角落又有新发现。几根或倒或卧的石柱子吸引了我们，那是纤夫石，每根石柱高约120厘米，直径约40厘米。看上去是坚硬的花岗岩材质。可是石柱一端有深深的凹槽。

同事说，那是拉船时纤绳在石头上磨损留下的印迹。看凹槽的深度，最深处接近两寸。三峡水利工程未修之前，三峡处处是高峡险滩，到了枯水季节，浊浪排空，震耳欲聋，令人望而却步。三峡纤夫在乱石丛中艰难爬行，喊着川江号子。在激流险滩突兀处的石头上，他们倾斜缠绕纤藤，既能够稳住重心，还能借力前行。再坚硬的石头，被年复一年地磨砺，也会勒出深深的痕迹。就像终日劳动的人手上厚厚的老茧，那是岁月和艰辛留下的印记。而且，一般在江水最险处才能找到纤夫石。

我惊叹，这道道纤夫石犹如伤痕累累的纤夫的背脊，生命的顽强和坚韧堪比顽石。如今，三峡的水位上升成了平湖，可行大型游轮，这纤夫石成了历史的见证。不远处，三峡大坝横亘江中，截住江流。逝者如斯，历史洪流滚滚向前。苦难过去，奔腾的江水被遏住咽喉，化作强大的电流传送出去。这座世界上规模最大的水电站，奠定了以三峡电力系统为核心的全国电网联网格局，实现了"西电东送、南北互供、全国联网"的国家能源战略目标。

　　现代水利工程和古代的传统文化，在山水间完美汇合，成为我们这个时代的独特音符。

时光深处的诺邓

　　知道诺邓的人，大部分都是从《舌尖上的中国》了解到的吧？那一片闪着红腻光泽的火腿，肌理分明、肥瘦相间，像极了山水画中群山连绵巍峨、长水激荡清幽。寻踪觅迹，在狭窄的山路千回百转，来到群山深处，诺水边的诺邓，才知道，这里不仅仅有美味的火腿。盐井、孔庙和白族同胞恬静古朴的生活，才是这个千年古镇的精髓。

　　初秋，多雨的清晨，阳光在云层后，薄薄照射在山间。因山泉和诺水的水气，诺邓周围的青山在云雾中忽隐忽现。山路一转，向阳的一片山坡上，层层叠叠、错落有致的白族建筑从山脚一直排到了山顶。上面人家的门口就在坡下人家的房顶，站在山脚向上看，一座千年古镇铺在眼前，道路的坡度让同行的长者担忧。热情的古镇人端出了大罐绿茶和火

腿切片招待我们，还邀请我们去参加孔庙的祭孔典礼。

孔庙在镇子的高处，云南云龙县文化馆的杨同志领着我们拾级而上，并为我们讲解诺邓的历史。诺邓因盐而兴，明清时期是滇西北重镇。曾经的富庶让这里的建筑多样而经典，繁华都刻在了黄土墙、青石壁和黄木雕上。大夫第、盐务署、龙王庙、五课提举司，在参天大树的掩映中被岁月的风尘侵蚀着，只留下昔日鼎盛的痕迹。

这里人家多有四合院，因建在坡度较大的山上，呈现出台阶式的错落。如今，诺邓镇里诺邓村的货品运载依然靠马。在七折八弯的石阶、土路上行进，常会和马厩里伸出头的马儿照面。一处三尺宽的坡路上，迎面来了一匹马儿，驮着两个大酒桶。马儿见了人并不惊慌，仿佛见惯了热闹和我们这些大惊小怪的游客，静静站在路边，给人让道。

通向孔庙的路很多，一条青石排列的主干道折向山顶。稻草和着黄泥做墙，黑瓦翘檐的古民居多有院子。一条小路进去，一处院子大门敞开，不用进门就能看见堂屋里房梁上挂着几十只火腿。这里应该没有人居住，只是作为主人存放杂物的仓库，将近正午，小小的四合天井的院子却凉风嗖嗖。漆黑的院子静得出奇，残破而壮观的木雕告诉我们这里曾经的辉煌。时间就在阴晴不定的一方天空中变换，杨同志告诉我们，这种腌制火腿的方法已经传承上千年。一只诺邓火腿要用当地的盐腌3年，切开后就能直接食用。时间和盐是诺邓火腿的秘方。

将近一个小时，体力好的年轻人先到了山顶。山顶孔庙是镇子最好的一块平地，庙虽小，却让诺邓人引以为傲。这里能供奉布衣孔子像，是有明朝皇帝的特许令的。诺邓不是州、县驻地，在等级森严的封建社会能破例建孔庙，可见其当年在滇西政治、经济中的地位。农历八月二十八（一说二十七）是孔子诞辰，据说这里的民间祭孔活动有几百年的历史，中间一度中断，如今又兴起。

远近乡镇的村民都赶来了，将不大的孔庙挤得满满当当。随着主祭人的一声宣告，鸣金三响之后，迎神队伍进来，随后是请神入殿，三次献礼，撒礼。穿着汉服的学生排成了六六三十六人的方阵，在礼乐声中翩翩起舞。祭孔中，诺邓人安静祥和而虔诚，妇孺们叩拜祈福，我们也静下来观礼。

远处青山依旧，近处香烟缭绕，阳光直射处，这千年古镇仿佛又回到了兴盛喧哗的时光，四方商客云集，百姓生活富庶，人民礼乐和谐。

诺邓，洗净铅华，在岁月的深处慢慢流淌出一首静谧的诗。

东川红土地

　　时维深秋，东川红土地上，草木葳蕤，野花摇曳。穿越半个中国，我来到这西南边陲小城。

　　翻山越坎，我从车窗向远处看，断沟层叠，草木生长在裸露的土石上。从昆明出发，3个小时，汽车左摇右晃，上下颠簸，是因为云贵高原北缘部山高谷深的地质断裂带，更是因为矿产资源、土地资源和森林资源的过度开发，东川到了20世纪末已是满目疮痍。说起崩塌、滑坡、泥石流等地质灾害，随车的小周说："我们东川是'泥石流博览馆'。"

　　是呀，东川有世界之最，曾经有引以为豪的矿产资源和青铜文化，有"天南铜都"的美誉，今日却以泥石流闻名于世。每年都有来自十余个国家的上百位泥石流防治专家到东川学习、借鉴泥石流的防治经验。

　　马踏露铜，古代传说中的那匹马踏出的铜矿，曾让人们惊喜不已。不管是农业文明社会还是工业文明社会，铜，在工业生产和居民生活中，都有着重要的地位。可是，惊喜没有给东川带来丰美富庶。几千年间，东川有限的土地上纷争不断。"火烧水泼""伐薪烧炭"，古老的炼铜法对木炭需求量极大。每炼100斤铜，需要1000斤木炭；而烧出1000斤木炭，又需要10000斤林木。明清时期，人们对东川资源的掠夺更是惊人，十枚铜币七出东川。可以想象，几百座炼铜炉炙热熏天，熊熊火焰烧竭了东川的森林资源和矿产资源，换来的只是皇帝的御笔"灵裕九寰"。东川，走过了一条血泪铸造之路。

　　今天，我怀着一种复杂的心情，来到这块让人深情叹息的地方。东川，曾为全国经济文化繁荣做出过贡献啊！

　　乌蒙山脉的云雾绕在青褐色的山巅，远远看去，两山夹着一条山谷纵深奔涌而来，形成天然的巨大扇面，那是蒋家沟。即使远望，也能看清那条扇面呈现出的泥灰色，犹如一片混凝土熔铸的大地的伤疤。随行而来的东川区林业专家说："那里有我们在泥石流上种植的再生林，已经长得很好了。"说这句话的时候，他很坚定，也很自信。地质脆弱的蒋家沟，泥石流发育有300多年的历史，这里形成了大小冲击沟178条，且爆发频繁、规模巨大、类型齐全，冲击扇面完整，世界罕见。听当地老人说，暴雨过后，甚至"声喊则碎石崩流"。如今的蒋家沟，在持续不断的研究、实验、治理之后，泥石流已经渐渐被控制住了。但愿这条灰色巨龙，能被那簇簇新绿锁住它百年的疯狂。

当我们还在为蒋家沟那巨大扇面上郁郁葱葱的林木惊叹时，车已行至小江大白河左岸的大白泥沟。

秋阳高照，流水汤汤，大白泥沟名副其实，是一片白色的砂石泥土形成的荒滩。滩上金色的芦苇随风飘摇，片片柔羽拂过，让这荒滩有了些许美意。不远处，是2011年3月就开始建设的苗木基地，榕树、滇朴、木棉、凤凰木等16个品种的树木正在蓬勃生长。树都不高，在贫瘠的土地上乖乖地成排站着，棵棵都有着昂扬的姿态。东川人骨子里有着青铜的坚毅，他们决心要在这里种植200余万株树苗，以绿色之龙遏制住水土流失，让这条泥石流河漫滩变成苗圃，变废为宝。

生态脆弱，东川犹如一位受尽伤痛的汉子。从20世纪60年代开始的庞大的生态修复工程，让这位伤者有了休养生息的机会。然而，东川因铜而兴的经济也已到了最艰难的时刻，1999年东川撤市改区，2000年曾经为新中国建设做出贡献的东川矿务局政策性关闭破产。东川，在满身伤痛中苦苦寻求出路。

午后，我们到达有"云上汤丹"之称的铜文化古镇汤丹。半山上的铜矿洞口深邃黝黑，静得能听到矿洞里的流水声。铜矿已停工半年多，矿石价格走低，开采的人工成本和资源成本都十分巨大。守在矿口的矿工们，三三两两坐在排凳上歇着。他们身后的标语"资源是生存的基础，努力是幸福的源泉"十分醒目。铜矿开采，已让东川不堪重负，矿工们努力的方向在哪里？

行路难，行路难，行到穷处美景见。

有些美景是值得你为它行程万里的，看到东川红土地的时候，我就这么想。

每年，来自世界各地的摄影爱好者，扛着长枪短炮，空中飞，地上跑，过江河，跨深谷，只为一睹红土地芳颜。云南本就温暖湿润，土壤中的铁质经过氧化慢慢沉积，逐渐形成炫目的红色。东川红土地尤为奇美，一般海拔在1800米至2600米之间，是云南红土高原上最集中、最典型、最具特色的红土地。

从东川县城出发，车行3个多小时，盘山绕路，行至山坡上一片白色油菜花田边。10月下旬，红土地上野花漫山。随行的彝族姑娘小钱，穿着色彩鲜艳的民族服饰，站在银白花海中，自成一道美丽的风景。我问，哪里是红土地？她答，这里就是啊!

旁边有村民卖烤土豆,暖香扑鼻。红土地沙化,适宜种植各种薯类。要是夏季来,可以看满山的白色土豆花和金色的麦浪。现在,一部分土地在休耕,露出了本来的红褐色,一部分已经种上了荞麦,穿上了绿装。云南不缺色彩,东川更是丰富。有人说,这里不知谁打翻了调色板,让油彩泼到了画布上。

步行不过百米,立足山崖,举目远眺,壮美的画卷从眼前展开。自然的色块最是分明。群山连绵,层层梯田从山腰铺到山顶。梯田绕山而建,随行就势,圆转如带,如水波纹从山顶一直荡漾开去。一道阳光从云间泻下,给这美景打足了光,惊艳了我们的镜头。

看过东北黑土地,西北高原的黄土,南方水稻田中的青土和戈壁滩上的白色盐碱土,都不如见到红土地给我的震撼。那种如火一般跳跃的颜色,狂傲而坚忍,让生长其上的绿色更加深沉,金色更加饱满,白色更加纯净。此时有雾霭升腾,却也丝毫遮不住红土地下孕育的蓄势待发之气。

看了山花再探水,东川景色皆具野性之美,这野性来自自北向南雄踞东川的乌蒙山和拱王山两大山系,这野性也来自咆哮奔腾的金沙江和东川的母亲河小江。在千百年地壳的频繁运动和流水的反复冲刷下,金沙江边和小江边上,常有奇石出没。

雨后秋日，云山雾罩，坐船横渡金沙江，寻得一处江边浅滩。旁边是缓缓奔流的金沙江水，远处是苍翠山色，我却如孩子般无心赏景，一心在绵软的沙滩上寻珍觅宝。

只是一块普通的石头，藏于山间万千年，被流水冲刷而下搁浅在河滩，却被我拾起，置于掌中，反复玩味。大如篮球，小如纽扣，洁白如玉，黑如乌金，红如锈铁，黄如蜜蜡，一块块，一枚枚，被我们收入袋中。细观石上花纹，都是大自然的杰作，你可以随意想象、解读。这个可以做笔架，那个上面有五彩祥云，我们三三两两聚在一起，品石论调。据说，这里有珍贵的铁胆石，只是极难寻得。

江边小镇有奇石店，进入一观，才知"石外有石"。石头被抛光磨平上油，端于木架上，自然有了一种气势。块块奇石仿佛在告诉我，它曾在泥石流中解离破碎，在江水中滚动摩擦，造就了今日的天然之美。不过，敝帚自珍，自己觅得的，自是爱不释手。店主语："这是我们父子两代人在江边捡的。捡石头也要靠缘分。"

在东川县城行走，需要好体力，上坡下道。东川县城就依偎在小江边的一小块稍稍平整的5平方公里土地上。东川最高海拔要到4344.1米，最低海拔只有695米。奇特的地势在东川造就了一片片高温、低湿的河谷地带，专业术语称之为"干热河谷"。这可是东川发展特色农业的天然契机。

从山里挖矿炼铜的发展模式已经走到死胡同的时候，东川回归了最古老的生产方式——种植。

蒙蒙秋雨中，我们到达一处低平的山谷。因为地势低缓，两边的青山愈发苍劲，因为有细雨，缠在山腰的云雾愈发轻柔灵动。干热河谷特色农业产业园里，一排排葡萄架由眼前延伸到山脚。葡萄已经收获，园子在休整，棕色土壤正美美地吸收着滴滴雨露。

东川林业技术推广站贺强说："这样的好天气在这里可不多，太阳一出来这里的温度会相当高。"东川区域内大部分地区属于南亚热带气候类型，在海拔1000米以下的地区，几乎终年无霜，热量丰富，光照充足，像一个天然温室。干热河谷地带更是四季如夏，空气干燥，病害虫害难发生，种水果蔬菜不用农药。而且，这里昼夜温差大，水果蔬菜营养积累充分。东川，将成为昆明市发展特色农业最理想的天然基地。

干热河谷种植的最大难题是灌溉。贺强和他的伙伴一边种树一边摸索，找出了挖鱼鳞坑做漏斗节水的方法。他们在这里种了150亩金银合欢树，生态修复效果非常好。东川农业部门谋划，要在这片干热河谷建设时令蔬菜基地，让红提葡萄、甜杏早桃、四季芒果、金丝蜜枣、红心火龙果等特色反季节水果飘香东川。

　　干热河谷独特的农业生产条件吸引来了全国的投资商和本地商家。眼前这片葡萄园就是浙江商人投资的，专门种红提葡萄，要比同类产品早上市半个月，在市场上十分走俏。

　　如果能用现代化农业耕作方式改善东川的生态环境和经济形态，我想，在热烈阳光下做一个富足的农人，要比在幽闭阴冷的矿洞中开凿矿石好得多。

　　三天后，晨曦微露的早上，冷风拂过，天放晴了，我们却要离开东川，心中自有不舍。

　　彩云之南，不只有丽江、大理、香格里拉，还有一座高原上艰难转型的小城——东川。因铜而兴，千百年来，东川仿佛有了铜的禀赋，坚可如钢，柔可如棉，坚忍顽强。深切割高山峡谷地貌，立体气候特征下的自然植被，奇瑰壮美闻名于世的红土地，厚重的铜文化和浓郁的民族文化……东川的自然美景和历史文化需要有人品鉴。

重新认识瓦窑堡

瓦窑堡，是陕北黄土高原上一个普通的地方，但它在中国近代革命史里，在影视剧文学作品里，在全国人民的心坎里。

它是红色的殿堂，殿堂中的圣地。

80年后的今天，我有幸踏上这片熟悉又陌生的黄土地，才真真切切感受到了它的力量。

黄土，黄土，草根的力量

一大片黄土，从脚下绵延到天边。到了天边，黄土堆成山脉，绵延在蓝天下，成为立体的黄土的雕塑。

这种苍凉的姿态从来都属于黄土高原。

　　从飞机上俯瞰，千沟万壑，一道道大地的褶皱，刀刻斧削般，遒劲有力。飞机仿佛在一块巨型版画上盘旋，除了蓝天白云，就是满目的黄土。大自然鬼斧神工，黄土高原经过千百万年的风光流水侵蚀，呈现给我们这些高空中的观察者一幅夺人心魄的画面。不知道，20世纪三四十年代，来自全世界的政要、专家、记者们，在飞机上看到如此景色会做何感想。他们一定在内心惊叹，就是这样一块黄土连天的地方，竟然也能搅动世界风云。

　　脚踏实地，眼前山连着山，山脉如大海波涛般起伏跌宕，翻滚着奔向远方。山间公路如一条条亮白的细线将大山勾连，然后再被大山抛向遥远的天际。退耕还林十几年，黄土高原上植被的绿色依然不能完全覆盖黄土的颜色。这里，依然风大沙多，依然土里土气，也依然令人荡气回肠。站在一处山圪梁梁上，看山峦沟壑，村落窑洞星星点点散布。我不知道，80年前的那个冬天，黄土地上是否下了大雪。长征的中央红军历经磨难来到此地，看到如此壮阔苍凉之景，会有什么样的感受。他们可能长叹，再高的山也翻过来了，再急的河也蹚过来了，再凶险的敌人也拼得过了，这广阔天地，正好可以从头再来。

　　6月，我踏上这片黄土地，依然能感受到一种强烈的震撼。那种隐隐藏于地下的火，那种来自地心的力，在脚下鸣响。遥想当年的那支队伍，只因要推翻那魑魅魍魉的世界，只因心中的红色信仰，便能突破重围，跋山涉水，穿越二万五千里空间，来到中华民族母亲河滋养的黄土地上，寻求民族生的希望。他们有钢铁的意志，血肉的身躯，他们心中的光明和希望成为挽救中华民族的精神脊梁。这片黄土地，如此神奇，充满了民族的原生力。怎能不让人心生向往？

我俯下身，仔细打量，捧一抔黄土在手中，烈日晴空下的黄土干燥而温暖，绵密而细腻，给人一种安心的温暖。用手轻轻一捻，黄土化为齑粉，细细的，软软的，铺在手上。那是一种近乎浅棕色的土，干裂淳朴，有阳刚之气。再看生长其上的植物，多植株矮小，根系发达，枝干挺直，将根紧紧扎进土里，成为黄土的点缀。放眼远望，那一簇簇一丛丛的绿，如雨点皴般被画在漫天的黄土上。在黄土高原上，人和植物一样，必须得有刚毅的品质，放低姿态，才能以最佳的方式融入黄土。80多年前，那股红色旋风吹遍高原的沟沟峁峁，谢子长、刘志丹带着父老乡亲成立红色政权，夺回了属于自己的土地。"闹红"，是那个时代黄土地上的潮流。

我循着黄土地上的河流，去找寻那一抹惊天的红色。黄河，发源于高原的清流，路过黄土高原，被染上土地的色彩，拥有了一种属于中国的特有的黄色。这条黄色的绸带在山塬沟壑间蜿蜒，如大地之树延伸至远方。沿着黄河，顺着清涧水，我们在黄土高原腹地找到了它的一条特别的支流——秀延河。龙虎山边秀延河，河谷称为秀延川，是在群山间的一块平坦的土地。河边的瓦窑堡镇曾经是安定古城旁边的普通小镇，曾经以出产优质煤炭闻名。

历史车轮滚滚，祖祖辈辈生长于此的瓦窑堡人，如黄土般朴实无华，定边安邦，胸怀宽广。天下穷人都是一家，红军千难万险奔来，瓦窑堡人就拿最好的东西招待"亲人"。12月，黄土高原上朔风阵阵，寒冷异常，衣衫褴褛的红军战士纪律严明，对百姓秋毫无犯。但他们很快就领略到了瓦窑堡人的质朴热情。在历史资料中，一串串支援红军的数字背后，是一幕幕温暖人心的场景。热热的米酒端给亲人喝，厚厚的棉衣棉鞋送给亲人穿，开门把亲人迎进暖炕上。当日本正伺机吞并整个中国的时候，当国民党的军队还在绞尽脑汁打内战的时候，黄土地发出了震撼人心的怒吼：建立最广泛的抗日民族统一战线，停止内战，一致对外。瓦窑堡上空，激越的唢呐声，传遍黄河两岸，响彻中华大地。

几千年前，晋国公子重耳奔逃至此，饥饿难耐，遇到老农授之以土，才让他明白土地即是王权，庶民亦能汇聚改变历史的力量。重耳从此奋发图强，终成一代霸主。近代，瓦窑堡的土地依然具有那种原生的力量，在民族危亡的关键时刻，它接纳了革命的火种，积聚成燎原的焰火。野火不能烧尽无边的草根，待到春来，又是草木青青重妆山河。

如今，瓦窑堡成为子长县的政治、经济和文化中心，革命历史旧址散布城中，与民居融为一体。毛主席旧居，瓦窑堡会议旧址，周恩来旧居……在老城散步，不经意间走进一条巷子，就可能走进一段火红的革命历史。走出老城，红都处处有闪光的足迹：龙虎山上的抗日红军大学，贺晋年、贺吉祥、贺毅三将军故居，任广盛、任志贞英烈父女住过的窑洞，谢子长烈士的陵园。今天，瓦窑堡的人们仍在这片热土生活，他们的生活被烙上了红色的印记。

山丹丹和映山红

黄土地厚实有力，开出的花儿娇艳火热。

在瓦窑堡，你要问老乡，什么花儿最美，他们一定用浓厚的陕北口音说：山丹丹。

很多人是从那首《山丹丹开花红艳艳》知道它的，实际看过的人却很少。因为山丹丹一般开在黄土高原阴面山坡上，和灌木杂草伴生，生命力顽强，但不易人工栽培。

第一次近距离观察山丹丹，我被那种亮丽明艳的红打动了。

在子长县高柏山上的山丹丹园，纯正的朱红色，似胭脂，如红霞，铺在黄土地上。阳光下，花瓣油亮，像厚厚的红色丝绸的质感。就连细细长长的花蕊也是通体红色，雄蕊环着雌蕊，如娇羞的新娘。没有开花的时候，山丹丹绿色的花萼紧紧包裹着细长的花瓣。一旦开花，花瓣完全撑开，全部向后卷曲，如撑满的弓，又如张开了的六瓣红色的翅膀，奋力将花蕊顶出。我没有见过哪一种花，开得如此敞亮，开得如此透彻，开得如此张扬。

陕北人喜爱山丹丹就像疼爱自家的小闺女，说起山丹丹时那种言语间的温柔，仿佛能一下子抚平他们古铜色脸上的道道皱纹。我们走进一户农家的窑洞，灰扑扑的场院里，都是家常物件，唯有两棵山丹丹开得正好。六十多岁的女主人，羞涩地说这是老汉从山上移栽来的，为的是好看。再听那一首首高亢悠扬的陕北民歌，你就知道山丹丹在陕北人心中的分量。"山丹丹开花背洼洼红，你看哥哥我哪达亲""山丹丹开花对面沟里红，听得你的声音照不见你的人""妹妹是一朵山丹丹，想见你一面隔着山""山丹丹开花六瓣瓣红，谁能成哥哥的知心人"……以红花起兴，直抒胸臆，憨厚的陕北人唱起山丹丹也变得多情起来。

山丹丹，惊艳了黄土地，成为革命浪漫主义的象征。

在瓦窑堡，我看到了一间婚房，那是瓦窑堡会议旧址，也是张闻天旧居，还是张闻天和刘英这对革命伴侣的婚房。

长征，磨砺了共产党人的心志信念，锻炼了共产党人的身体筋骨，也让志同道合的人走到了一起，终成眷属。无情未必真豪杰，山丹丹见证了浪漫的革命爱情。在瓦窑堡成家的革命伴侣，还有宋任穷和钟月林。后来，他们的一个女儿到瓦窑堡找到父母成婚时的窑洞，感叹地说："没有这个窑洞，可能就没有我。"革命的血雨腥风和残酷无情，一旦遇上了柔情的山丹丹，便消解了恐惧和粗糙，变得柔美温情起来。"山丹丹开花背洼洼红，我送哥哥当红军。""山丹丹开花红艳艳，咱们中央红军到陕北。"红军长征来到瓦窑堡，山丹丹这开在山隅的小花就紧紧与革命的意向和情感连在一起。这，让我想起了另一种花——映山红。

同样被赋予特殊含义，映山红却包含着几多凄凉和悲壮。80多年前，中央红军从江西于都出发，开始大规模战略转移。苏区人民依依不舍，送走了亲人般的红军队伍，在漫漫长夜盼天明。我在江西见过满山野生的映山红，那真是花如其名，映红了山峦。映山红的花朵十分娇媚，粉红的、玫红的花儿开在棕色的细枝上，在嶙峋的怪石中、在绿树丛中随风摇曳，倔强的身姿堪称经典。

后来，一曲《映山红》，深情舒缓地道出了那个时代苏区人民的心声，也唱遍大江南北。"若要盼得红军来，岭上开遍映山红。"渴盼红军归来的浓浓深情充溢心间。在映山红开得最热烈的时候，红军战士九死一生，湘江战役、强渡乌江、四渡赤水、巧渡金沙江、强渡大渡河、强渡嘉陵江、飞夺泸定桥、包座战役、激战腊子口、酣战直罗镇……最终，损失了80%以上兵力的红军队伍找到了一片适合生存的土壤，那里也是漫山红花开遍。

山丹丹和映山红，成为中国革命史上最特别的两朵花儿。它们都是开在山野的花，带着泥土的芬芳，在山坡岩石间自由生长，一南一北。一朵映照着苏维埃政权的确立，见证工农武装割据，一朵映照着共和国的初生，见证全民抗日统一战线；一朵悲情壮美，在风雨如晦中渴盼阳光，一朵烂漫欢快，在蓝天黄土上疾驰；一朵含蓄缠绵，深情款款，一朵热烈如火，神采飞扬。

这两朵花，带着母亲的慈爱、恋人的思念和女儿的纯真，浸润了那段逝去的峥嵘岁月。战火纷飞中，山丹丹和映山红年年花开，岁岁绽华，告慰逝去的生命，激励生者的勇气。

重新认识瓦窑堡

一道道山来一道道水，一排排窑洞道不尽陕北风情。

窑洞是陕北最寻常的民居，它是千百年来黄土高原居民选择的最适宜居住的形式。

瓦窑堡的窑洞有什么不同？因为它承载了不一样的意义。瓦窑堡的窑洞里开的会，决定了中国革命的走向。这个会，结束了我们党成立以来不断在犯的"左"倾冒险主义、关门主义错误，决定了抗日战争要建立最广泛的统一战线，从此掌握了政治上的主动权。

瓦窑堡的窑洞有什么特别？让我们一起走进去看看。

在子长县一条并不繁华的大街上，如果不是道边竖着的棕色标识牌，我根本不会将大名鼎鼎的瓦窑堡会议与这里联系起来。寻常街巷，左转右折，七拐八弯，见一盘石磨立在正午的阳光下，亮得发白。小路一转，进入一个小院，面前一排五孔窑洞。青砖铺地，白泥糊墙，拱门花窗，墙上的红色牌子引人注目——"瓦窑堡会议旧址"。

就是这里了，年轻如我，只是在影视剧作品里才见到过的场景：首长住在窑洞里，警卫员和勤卫兵进进出出，不时来汇报工作的同志下马一路小跑，进门先大声响亮地喊一声"报告"。那些鲜活的历史风云人物已经不在了，但是那种具有深厚历史气韵的场，给予我们的震撼，让每个参观者心中都肃然起敬。

探头进得门，一股子来自泥土的清凉让人驱走了燥热，只觉周身爽利。拱形的窑顶下，一炕一几一桌，灰突突的，都是平常农家物件，简单到了极致。通过连着两孔窑洞的小门，进入会议室。同样的布局，只是有两张桌子拼在一起成了一方长桌，桌上有纸笔、马灯和泛黄的会议记录。

阳光透过格子花窗，被剪成镂空的花影投射到青砖地上。窑洞里明亮得很。正面墙上有当年瓦窑堡会议的还原图画，毛主席正在政治局扩大会议上发言，出席会议的人都在认真聆听他的演讲。历史仿佛就在那一刹那凝固，我们都是那次会议的旁听者。窑洞两边墙上挂着镜框，上面有介绍与会议相关的历史人物照片、会议内容等。如果去掉这些展品，仅从外表看，你看不出这孔窑洞在80年前的重要作用和对我们今天的意义。因为，它本身只是黄土高原上千千万万个普通窑洞之一。据说，即使是当时，住在周围的老百姓也不知道这里发生的惊天动地的事。

在党史研究专家、原瓦窑堡革命旧址展览馆馆长王志厚老人的介绍下，我们重新认识了瓦窑堡。1964年9月，新华社记者到子长县采访，要求看看中共中央旧址、瓦窑堡会议旧址以及党中央领导人的旧居。但是，当时没有人知道这些地方在哪儿。当时的文化馆馆长四处向老乡打听，说毛主席在一个叫果树园的地方住过，根据是当时那个地方有"三多"：站岗的警卫多，来往的马多，电话线多。后来经过查实，那个地方是外国人李德住的地方。

记者回去后写了内参，中央领导看后十分重视，派人来子长县成立调查组。王志厚说，他带着县里的介绍信到北京，请来了毛主席、张闻天和周总理的警卫员到子长实地查看，城里城外地转。随后的3年，王志厚和他的同事一起到全国各地访问老干部，到各地档案馆博物馆查找资料，按图索骥，抽丝剥茧，最终才确定了瓦窑堡会议旧址和领导人旧居所在地。时间已经过去30年，这些旧址和旧居里已经住进了群众。当王志厚带着中央的批文和政府的住房政策到这些群众家里做工作的时候，住户们几乎没有任何迟疑，就将窑洞全部退还给政府。

建瓦窑堡会议旧址展览馆，重新确定瓦窑堡会议的细节和在党史中的地位，王志厚和同事们不啻重新认识了自己的家乡。那时候，王志厚刚刚参加工作3年，就加入这项事业中。他细致爬梳了红军长征的过程，认真学习了党史著作，穷尽一生，将瓦窑堡会议的意义总结为：统一党中央领导班子的认识，加强了党的领导能力；确立了抗日民族统一战线的政治策略；把中国共产党的性质定为无产阶级和中华民族的先锋队；确立了毛泽东军事思想在当时红军中的领导地位；第一次明确提出人民共和国的概念。

走出窑洞，穿过街巷，走在2016年的瓦窑堡镇大街上，你已经完全找不到当年的影子。在瓦窑堡纪念馆，我看到一幅20世纪六七十年代的瓦窑堡全景照片。秀延河两岸，一排排颇有气势的联排窑洞，层层叠叠伫立于龙虎山下。黑白照片，传递出那个历史阶段瓦窑堡的自信和昂扬。瓦窑堡有底气，黄土高原上的古镇很多，可是能将红军长征精神凝聚于此，开辟出一番新天地的地方只有瓦窑堡。

今天，我信步秀延河畔，看两岸高楼鳞次栉比，街上车水马龙，秀延河两侧文化长廊展示着瓦窑堡的历史沧桑。入夜，秀延河水在五彩灯光的掩映下，闪着灵动而喜悦的光。河对岸龙虎山上，宝塔被灯点亮，河中央的音乐喷泉五彩绚烂，引来市民和游人驻足。不过百年，瓦窑堡改天换地，容颜大不相同。

历史仿佛已经落幕，又好似才刚刚开始。

穿越时光与乡愁的火车

"咔嗒，咔嗒"，钢轨和车轮轻快地咬合，我们被送往一个个陌生的地方，送往一幅幅风景的画框中。

一大片灰黄的戈壁，地连着天，连着天边的云朵，连着我们乘坐的火车。砂砾灰土中，地平线似乎静止，即使车轮滚滚，不停向前。以远树为焦点，随着车行的方向，我们的视线不断延展到前方。前方是什么？戈壁，还是戈壁。兰新线是一条孤独的铁路线，在平坦的戈壁上，养护铁路的养路人的小房子就是兰新线最好的陪伴。不管戈壁的四季景物如何变换，这两条银线总能亮闪闪地出现在戈壁滩上。

20世纪八九十年代，我是长途列车上的一名小旅客。我喜欢把玩那张窄窄的硬质车票。一寸见方，硬纸板，油墨印刷，"乌鲁木齐→上海"。锯齿形的缺口，是火车站检票员"咔嚓"一声剪出的缺口。从乌鲁木齐到上海，K字头的快速列车是最好的选择，大西北天高地广，兰新线是当时普通民众出行的首选。

日出，戈壁滩穿了金色衣裳，显出一种迥然不同于黑夜的温情。临车窗的人，在阳光的温暖中眯着眼，仿佛还在梦境神游。夜里，寒冷的风钻过车窗的缝隙，乘客们裹紧了御寒的衣物。而此时，一轮红日的光，穿过玻璃洒进来，车厢里温度渐渐回升。

突然，远处一道灰色城墙出现在人们的视野里。旅客纷纷探头，凑到窗前。有人甚至不惧寒冷，抬起车窗那厚厚的玻璃，凉风瞬间灌进车厢。嘉峪关以河西咽喉的雄伟之势，赋予单调的乘车时光一种厚重的意义。进关了，我们也一脚踏进了历史。远远地，朱漆的廊柱、飞翘的屋檐、方正的城墙和连绵的灰色戈壁滩构成一幅画面。千里戈壁，有此雄关就有了穿越古今的沧桑感。古诗、古文中的嘉峪关，在我们的车窗前停留了几分钟，然后被火车甩到身后。嘉峪关像一个目送我们的路人，看着我们，并承诺会在这里等着我们。

车厢里热闹起来，带着大檐帽的胖叔叔乘务员提着大茶壶来给大家添水。"小心烫啊！小心烫啊！"他一声声热情的吆喝让车厢里欢腾起来。人们拿出大瓷缸，一杯白开水是长途列车旅客的必备品。人们拿出干粮，就着滚烫的开水吃早餐，开始一天的长途旅程。

兰新线进入甘肃，如一条链子，几乎把甘肃省的大城市都串在了一起。

嘉峪关、张掖、金昌、武威、兰州。灰白的水泥站牌上，墨写的站名，楷体的汉字里嵌入的是一个个横亘时空的标记。读书时，我在中国史里摸索，那一个个灰底黑字的站牌是记忆的坐标。我庆幸，我曾到过那里，虽然只是很短的时间。蒙恬、卫青、霍去病这些载入史册的名将也到过那里。

午饭后，人们在车厢里开始昏昏欲睡。灰黄的风景实在令人打不起精神。有人说，把甘肃省从地图上横过来，半天时间，火车就穿行过去了。可在地域狭长的甘肃，那时候的"绿皮车"得跑一天两夜。在一起坐久了，硬座车厢里的旅客们面面相对，自然熟稔。和陌生人聊天，可是一件快乐而有技巧的事。萍水相逢，又要连着几日夜面对，不如分享各自的故事。天南地北，五湖四海，因为坐在一起，都暂时成了聊友。年龄、性别、阶层，在"绿皮车"上都成了模糊的背景。这里只有故事，一个个曾经发生的或者正在发生的真实的故事。由于地域特色的不同、个人命运的起伏，说者头头是道，听者津津有味。

最让人兴奋的还是到站暂停。兰新线上，火车"咣当咣当"跑大半天才到一站，一站停留的时间相对较长。坐久了，到暂时停靠的站台上活动活动，是一大享受。小孩子胆小，不敢踏出火车一步，生怕这长长的铁笼子将他们抛弃在荒野里的车站。

有些小站，仅火车一侧有简易围栏，搭上一条窄窄的站台。特快列车一般不停在小站，除非需要和迎面来的车错车。沿途的一个个车站，是早已等着我们的。

过了兰州，"绿皮车"在一片"喊哩咔嚓"的交错声中改道，走上了陇海线。从兰州到徐州，要经过甘、陕、豫、苏。从塞外戈壁到黄土高原，再到华北平原。走上陇海线，旅客们渐渐多了起来，上下车频繁。和陇南口音的老乡刚刚熟悉，就迎来了陕北口音的乘客。一片夜色中，我们的车过了古城西安。凌晨时候，望着对面坐着的陌生面孔，迷迷糊糊中才醒悟，昨天那个甘肃老汉已经下车。

经过黄河大桥的时候，我们看着一条黄色带子在千沟万壑的黄土塬子上蜿蜒曲折，听风儿带来的一丝信天游的乐音。黄色的山的褶皱、黄色的河的曲线、黄色的乘客的面孔。城市的面孔相近，人的差别却很大。陕北婆姨的红头巾和脸上的两坨红，成为旅客注目的焦点。娃娃们在车厢里窜来窜去，快乐地吃着乘客手中的干粮——新疆的馕、甘肃的锅盔。娃娃的妈妈过意不去，拿出昨晚新烙的饼让娃娃们还给人家。窗外的风景渐渐丰富起来，村庄、道路、绿树、田野，都在车窗外闪过，那是一片美好的山河田园。

在地域文化中穿行的火车，就是一个中国东西部地域特色汇聚的小舞台。人们兴奋地向陌生人描述着自己的家乡，用不标准的普通话探求外面的世界。外面大大的世界，就装在了小小的火车车厢里。

火车，跨黄河，过长江，最终会停在那个有亲人等我们的车站。

徐州、南京、上海，京沪线上的风景最吸引人。过南京长江大桥，水雾漫漫的长江江面平缓宽阔。两岸村庄绿树婆娑，田畴交错，水道纵横，吴侬软语渐渐充盈了车厢。三天前那些西北的音符仿佛还未消失，化作一个个元素留在了车厢里。车窗凹槽里的细沙是戈壁的风带来的吧，车厢外面的黄土是陕北的吧。车厢里卷入的一片秋叶，躲过了乘务员的打扫，它来自苏北的一棵树。两条细细长长的钢轨，犹如两条弯曲的银蛇，从边塞风沙中奔来，将我们送到江水翻滚的黄浦江边。几个月后，这列火车又会从灯火璀璨、五光十色的大上海，从春雨温润、诗意田园的江南出发，带着我们的乡愁，将我们送到大西北那片父母耕耘的热土。

火车是梦想和现实的连接点。如今，它带着梦境的映像进入我的记忆，进入到我的写作中。铿锵有力的钢轨声是我的文字的节奏和韵律，快速移动的风景是我写作中跳跃的灵感。童年时代的长途火车旅行，为我打开了一扇门。门里有广阔的河山，有善良的同胞，还有不同水土养育出的多彩多姿的文化。丝丝缕缕的记忆的线，丰富了我观察世界的视角。

今天，作为一名记者，一名作家，出行时，我会首选火车。"绿皮车"时代一去不返，高铁连通中国，朝发夕至的城市越来越多。回到故乡的父母，又对大西北生出了浓浓的乡愁。上个月，父母回疆探亲，坚持要坐火车。从上海到乌鲁木齐，特快列车所用时间不到48小时，今非昔比。父亲说他们要享受祖国发展的成果，要看沿途的大山大河，还要和车上的乘客聊一聊各自的故事。我欣然应允，在手机上为他们买了票。

我的思绪也跟着父母回到那个移动的车厢，它如神奇的宝盒，带给我梦幻的童年旅行。

从天安门前走过

每天清晨，从北京地铁2号线前门站出来，步行到单位所在地崇文门，是我一天中最轻快愉悦的时光。

甫一钻出地铁前门站的北侧出口，我正好面向东方，闯入眼睛的是太阳的一片金色的光。这缕光，带着微微的热度，伴着清爽的晨风，在一片开阔的广场上尽情挥洒，给每一个来到此地的人周身罩上一层光晕。这时候，我会自然而然地将头偏向北方，将庄重真诚的目光投向正北方，那里是北京天安门。作为一座建筑，它已经脱离了建筑学上为人类提供遮风挡雨之所的单纯意义，它承载了我们精神层面的表达，它成为一个国家的象征。正北的蓝色天宇下，它静静地矗立在那里，如一位静穆的长者，看清晨的长安街车水马龙、川流不息，看广场上人潮涌动、四方汇集。而我，总是要在这工作日早上有限的时间里，在京城的中轴线上的核心区静静伫立几分钟。

我喜欢在这里闭上眼睛，脑海中会出现一张北京的全息地图。向上追溯百年，我所在的地方是历史和现实的交汇点，由此从地理上辐射全国，连通中国的通衢大道都可以在这里聚焦。在这里，我常常能感受到北京特有的气息，那是历史风云变幻后的痛彻心扉的印记，那是经历风雷激荡后的从容安然的岁月，那是站在新时代转折点上的蓄势待发。光阴百代，这里曾有泱泱东方古国的命脉。

清朝顺治年间，全国各地的能工巧匠赶来京城，奉皇命在明城基础上进行了大规模改建，重修了一座城楼，取名叫"天安门"，意为"受命于天，安邦治国"，这是天赋神权的封建时代最高的建筑规格。从此，天安门和中国近代历史紧紧相连，心意相通。

"受命于天"的城门，仿佛有一双穿透历史的眼睛，清清楚楚、明明白白地看到一个东方大国的沉迷和痛楚，光荣和梦想。1911年，封建帝制在天安门宣告结束；1919年，"五四运动"在这里发轫，开启中国新民主主义革命；1926年，反动军阀制造的"三一八惨案"在这里发生；1935年，"一二·九运动"推动了全中国抗日战争的发展；1949年10月1日，中华人民共和国开国大典在天安门举行，城门上发出的声音震惊了世界，也让亿万国人挺起了脊梁。救亡图存，东方雄狮的呐喊被一座建筑见证，这样的建筑该有怎样的动人心魄的魅力。历史，是写在教科书上的文字，却也被见证历史事件的建筑物所记载，记载于一砖一瓦的坚守中，记载于后世之人仰慕的眼光之中。

时光匆匆，百年不过白驹过隙。我亦匆匆而过，向东沿着前门东大街北侧一路急行。

9月下旬，天高云淡的日子，天安门广场的大花篮又绽放芬芳的时候。从我身边走过的一队队来自全国各地的同胞，在导游的带领下奔向他心中的圣地。他们的脸上写着兴奋和虔诚，写着期盼和希望，那是一种发自内心的欢欣喜悦。也许，100多年前，他们的祖辈还在苍茫的黄土地上忍受着严寒冰霜，在狂风暴雨的海船上将生命托于神祇；也许，50多年前，他们的父辈在新中国热火朝天的建设工地上奉献着青春，挥洒着汗水；也许，30多年前，他们中有人在改革开放的浪潮中搏击进取；也许，他们是平生第一次来到天安门，来朝拜我们这个民族曾经苦难的往昔，朝拜我们这个民族今日取得的辉煌。此时的天安门，近在咫尺，可在他们的心中从不陌生。

"阿姨，那是正阳门城楼吧！"一个稚嫩声音对我说，眼前是一个五六岁的小姑娘，正朝我甜甜地笑，她的父母在她身后也善意地对我笑。我欣然为他们介绍。正阳门城楼在广场的正南方安静矗立，它和东南侧的中国铁路博物馆隔街相对而望。它们的建筑风格迥异，一中一西，一座雕梁画栋、威武雄壮，一座西洋风格、厚重沧桑。广场南边，数人一排，排排相凑，长长的队伍在门口排起了长龙，那是毛主席纪念堂。位于广场东面、与毛主席纪念堂相对的是中国国家博物馆，这里收藏着反映我们民族千年文化和历史的藏品。晨光无限美好，只是时间有限，我挥手和他们告别，加入上班族的潮流。

惠风和畅的初夏之晨，抑或是金风送爽的秋晨，离开天安门广场，朝阳穿透一片片绿叶，让那叶子焕发出奇异的光，仿佛绿树开满透明的花。这薄光洒在路上，带来清凉，在人行道上画下美丽的花纹。有行人如我般急急而过，也是去上班的人吧；有悠闲的老人，安详的目光略过早已熟悉的景物，掠过行人；有卖早点的小摊，飘来浓浓的焦香；有环卫工人，用水管中喷出的水花，洒向青草地。人们干净清爽，人们兴致勃勃，这一路，有阳光，有微笑，有宁静，有期待。无数个日子从这样的早晨开始，我的一天从天安门前走过开始。

日暮乡关望西山

若论在北京生活最适宜的地区，我以为，非西山一带莫属。我来自江南，在这里住了5年，已经深深爱上了这块宜居宜歌的土地。

遵照"仁者乐山，智者乐水"的古训，北京西山是绝佳居住场所。

西山苍苍，流水殇殇，居于此，你可以登山览胜，一睹京城西部风光四季变换；还可以临水休憩，扫尽城市生活的喧嚣和疲惫。在这山水间，你可以尽情徜徉，尽情挥洒，让身心飞扬。

春天，西山的美景如画，从市中心赶来踏青看花的人络绎不绝。有人说，西山就是北京城的后花园，此言非虚。如果你想体验山花烂漫，你可以去凤凰岭看杏花，雪白的，洋

洋洒洒，将草木初青的山峦装饰成了花海。如果你想看百花争艳，你可以去西山植物园赏迎春花、梅花、桃花、丁香花、海棠花，它们次第开放，笑意盈盈。颐和园有一处景，我是每年必去的。春天的昆明湖湖水泛着青光，湖中西堤自西北逶迤向南。四月天，西堤花红柳绿，六座古桥分布在西堤上。漫步西堤，仿若到了江南。两侧百年古柳、古桑和桃树分植，桃花欲燃，柳丝垂碧，一桥一亭，一步一景。

盛夏时节，北京城的钢筋水泥森林都蛰伏在火辣辣的日头下。高楼和立交桥上发出白得耀眼的光，路上的车接头衔尾，喷着炙热的尾气，置身其中，让人目眩耳鸣。这时，您不妨去圆明园看看，那里菡萏正开，接天莲叶。庭院池塘的幽静清凉，残垣断壁的时空沧桑，透出古意森森。夏晨的圆明园围墙之外，晨起遛弯的老人惬意从容，急匆匆的上班族奔向地铁，周边清华大学等高等学府的学生骑着自行车飞过。

历史和今天，在这里从来都是那么契合。

西山，实际上是一个地理称谓，并不是特指哪一座山。但是，这里有一座山闻名遐迩，它因秋天的红叶，驰名中外，那就是香山。霜降时节，香山周围方圆数万亩坡地上，枫树黄栌红艳似火。到森玉笏峰的小亭上极目远眺，湛蓝的天空下，远山连绵，近坡上鲜红、粉红、猩红、桃红，秋日色彩层次分明。有青青松柏点缀其间，红绿相间，瑰奇绚丽。很多人都说，北京的黄金季节是秋天，而我要说，这个黄金季节的最佳赏景处就是西山。站在香山上朝东望，微缩立体的北京城就在烟树深处。

西山山脉素有"神京右臂"之称。早在金代，就有西山积雪之说，"西山晴雪"成为燕京八景之一。如今，因为气候变暖，城市有热岛效应，市区已极少下雪了。但是，西山一带每年冬天或多或少都有白雪降临。每当西山有雪，摄影家们就喜欢扛着设备去西山跑跑。冬雪初霁，天空净蓝，从山脚仰望群山，山峦玉列，千岩万壑，峰岭琼联，登山后俯视下方，凝华积素，空阔无际，空阔开朗。两两相望，唯有西山。

"北京的郊外，京郊的都市"。这个有关都市和郊区的矛盾的说法，可以用在西山地区。5年中，海淀北部新城迅速崛起。这里不仅风光优美，文化环境也不输于市区。

西山脚下，古韵犹存，产城融合的科技新城悄然崛起。

从西山鹫峰向东南开车30分钟，就能到有"中国硅谷"之称的中关村国家自主创新示范区。2013年，北京市海淀区政府提出要将海淀北部建设成为中关村创新中心区（Center of Innovative District，简称CID）。这里东临八达岭高速，西至西山山脉，北接昌平，南至五环，总面积238平方公里。要是开车在这里转上一圈，你就会发现你是在一块寸土寸金的地上溜达。百度大厦、联想大楼、华为科技、云基地、中关村软件园、中关村生物医药园等，新一代信息技术、生物技术企业群在这里生长。据说，海淀北部新城要打造中关村"2.0升级版"。届时，这里的科技、教育、医疗资源将是北京最好的。

"谈笑有鸿儒，往来无白丁。"我常常想，能站在CID的地面上，是不是都得有深厚的教育背景和极高的智力能力。

乡村，能让人诗意地栖居在大地之上；城市，是为了让人更加高效舒适地居住。如果能将乡村的适宜与城市的便捷有效融合，那便是现代人最好的选择了。

在西山脚下，你可以找到这样的最佳结合点。

在这里，你可以在城市和乡村中自由穿行。

清晨，迎着朝阳驾车到城里现代化的写字楼里工作，处理来自世界各地的电子邮件，通联全球；下班后，看着渐渐落入西山的太阳，换上休闲装和运动鞋去中关村公园里的绿道上快走健身。暮色四合，群鸟归巢，远山含黛，近水漾波。此时，你站在森林公园的万亩绿色植物碧波中，俯仰天地，身心会极度放松。

在城市的边缘，乡村的景色尤其难得。北京城里，有水稻田么？答案是，有。周末，你可以带着家人去稻香湖边的翠湖湿地公园看城市最后的水稻田。稻花香里说丰年，蛙声有，鸟鸣亦啾啾。近处，稻香湖边野鸭悠游自在；远处，天鹅湖里饲养着二三十只天鹅。幸运的话，你还可以看到野天鹅。这里是位于海淀区西北部的一片天然湿地，面积11.8平方公里，有自然滨水景观、绿色生态湿地以及清新明快的田园风光。

如果你还想看看北方的村庄，你可以去山脚下寻觅一个个小小村落。凤凰岭下，核桃沟旁的车耳营村是个不错的选择。这个村是市级的民俗旅游接待村。村里，有吕祖洞、关帝庙和雄伟神秘的金刚石塔。村里人家的美食不错，寻踪觅美味，民间瓦罐、土鸡炖蘑菇等是人们的最爱。

如果你还想在山里小住，静观山间云雾蒸腾，村落炊烟袅袅，你可以去半山的庄院寻一清净所在。凤凰岭景区内，四株千年树龄的古柏和银杏可以告诉你龙泉寺所有的秘密。这座寺庙曾在手机微信圈里一夜刷屏，这里的出家人个个身怀绝技。不过，我在错落曲折的禅房里，看到了一个个佛学研究室，对佛法有兴趣的人可以自由加入讨论，寻找生命的终极意义。我想，在这里，不用正式出家，你也可以做一个居士，体会到人到山边即为仙的归隐之乐。

赴一场花事

1

北方旷冷，春天多大风。风，不是起于青萍之末的温柔之气，也不是温润南国的杨柳清风，而是吹得白云流走、荒野起沙的劲风。你无须驻足，就能听到风的声音，吹过原野、山冈，穿过城市高高低低的灰色大楼，撩起你的发丝。它们常常在夜间打着呼哨穿城而过。

春风到底是春风，惊蛰过后，再寒凉孤啸的风还是能送来春天的颜色。

北京崇文门明城墙遗址公园里的绿梅，就在一场春雪中悄悄打了花骨朵。

一个个小小的绿萼缀在光溜溜的枝干上，一个两个的花

骨朵顶着晶莹的雪张开了眼。透明的雪，衬得绿梅愈发骨骼清奇。兴奋的游人无意间发现春色，惊喜地拿出手机伏身贴近花枝，咔嚓咔嚓一通狂拍。只拍得花儿都要羞得开了，才罢休。俯仰之间，"绿梅花骨朵图"就在大家的微信朋友圈里传开了。春天来了，花信随着春风和手机信号传到了爱花之人的眼中。

北方的春天有多金贵，从这一张梅花图就能看得出来。当南方已是杂花生树、群莺乱飞的时节，古城墙边的一枝绿梅就足以慰藉人们渴盼春天的心神。

明城墙遗址公园的花事，也从一朵绿梅开始。

公园是开放的，因一段1.5公里长的明代正统元年修筑的城墙而得名。公园虽然微小，却将一条城市主干道生生分开。它就局促地蹲在"Y"字型马路的那个三角形的中间地带上。说是遗址公园，明代的老墙不知道保留了多少，只有斑驳参差的墙砖仿佛还有500多年前的影子。墙边的绿地却是很好，为起伏的地面盖上了青青的绿毯子，护住了城墙根。绿地上有200多株古树，或站立或歪斜，像守护城墙的士兵，又像是趸在墙边晒太阳的懒汉。一条蜿蜒的石面步道沿着城墙穿花分柳，一到春天就能吸引不少爱花客在此流连。

我工作所在地恰好和明城墙遗址公园一路之隔。早春清晨，在吹得人睁不开眼的春风中站立，你会后悔没多穿一件衣服。但到了正午，凉风借着阳光的温度，就变成了吹开花朵的熏风。解开捂了一冬的厚围巾，春风入怀，颇有"清风吹我襟"的畅快。

明城墙遗址公园早春的梅花年年开得热闹，引得蝶舞蜂浪，游人如织。这几年，公园管理部门索性搞了个梅花节。花还未开，各种仿古的宣传栏和木质的步道就搭起来了。这场城墙下的花事，愈发热闹。借助大众传媒平台散发传播，有人从各处专程到这北京城的东南角来赶这一场花事，一睹古城梅花艳阳天的美景。

和颐和园、圆明园、北海公园、北京植物园等名园相比，明城墙遗址公园实在是不出名。而且，它不像其他公园那样周正。公园的主角本是一堵断墙和一个在城墙上的角楼。角楼后面又新修了亭子回廊，朱红的柱子，五彩的木梁，完全仿明清建筑的风格。说是公园，可没有围墙，两边是马路。因和北京火车站临近，所以马路上的车辆川流不息。好在，近城墙边的梅树有近千株之多，50多个品种。它们如明星一般，在春天的秀场上，在相机的镜头下，分外耀眼。慢慢地，灰扑扑的城墙成了春天梅花的背景。作为陪衬，梅花便喧宾夺主了。

午后，从办公室的格子间里出来，我常常会去公园里散步，见见阳光。

　　大风将天空吹干净了，蓝得让人心颤。早春古树的枝丫，干枯如铁画，似剑似戟戳向天空。风过后，古树树梢的细枝在风中晃动，没了冬日的凝重，多了几分枯木逢春的激动。梅树是后来者，较古树低矮。梅树光滑的枝条中泛着青绿，点缀着花骨朵，含苞待放的样子像是娇羞的大姑娘。它早就蕴蓄了一冬的能量，只一日暖阳，就纷纷在枝头抖开了花衣裳。再有几场春风和春雨，白梅和红梅就几乎同时亮出了丝丝花蕊，如美人的媚眼。赏花的人，一团团围过来，花儿也就乐开了，干脆一树树地打开花伞，一片片地敞开花衫。

　　除了呼朋唤友、三五成群的赏花人，除去路边车辆飞驰而过的声音，公园里还有一种声音，最接近春天的声音——鸟鸣啾啾。春天，鸟儿的叫声是欢悦的。那叫声和鸟儿在树间高低翻飞相应，如芭蕾舞者轻快的舞蹈步，如弹奏者灵活的手指在琴键上跃动。城墙边，乌鸦和枯树组成元散曲的意境，喜鹊便和梅花组成民俗画里的"喜鹊登梅"和"喜上梅梢"。

　　有同事说，古城墙边拍花最美，随手定格镜头，深蓝的天和灰色的墙，色彩对比强烈，再来几枝娇俏的梅花，刹那间，白发红颜的感叹、古今一瞬的惆怅、年年岁岁的回环往复，让人心旌摇动。是啊，年华易逝，岁岁不同，去年赏花的人和今年看花的人还会是同一个么？

城市生活节奏飞快，即使是在与公园一路之隔的写字楼里，也不能得空天天去公园看花。去年3月间出了一趟差，等回来的时候，午间抽空去公园寻花。哪里知道，匆匆而来，看到的却是绿叶生发、青梅满枝。在响彻春光的开场锣鼓之后，在哄哄闹闹的花事了却之后，在木质的步道做好后，花旦唱罢，青衣亮相，花事将尽，剧将收场。春风的序幕已拉开，雨水后脚跟来，春亦将老，落花便化作了春泥。

2

你感受到春天了么？它在一场春雪后，悄悄来了。

早晨，朝阳渲染的北京天空里，久违的青云出现了。天，不再是冬日的那种寒澈高远、一览无余。因为一场薄薄的春雪，空气里有了水的气韵、春风的喘息，也有了花的讯息。北京二环东南角那一段明城墙，在昼夜转换四季轮回间，再次接收到季节的秘密资讯，然后将春的密码传递给身旁的植物。与从树根接收到的信息相同，梅树、玉兰自信地撑出了花骨朵，柳树变魔术似的换了衣服的颜色，国槐也在风中抖着枝条跃跃欲试。城墙根的几株古树却还是不动声色，静静守在斑驳的城墙下，犹如苍龙出海一般，或欹或直，或蹲或靠，将如戟似铁的枝干伸向天空，化为国画里的枯枝，只是这枯枝因了春风该用青墨湿笔写就。

正午，阳光最充足的时候，城墙下聚集了好些人。他们有附近写字楼的午饭后顺着城墙根的蜿蜒小道漫步的职员，有专门从四城赶来拍古墙花事的摄影爱好者，还有一些偶然路过却被吸引来不想离开的游人。这都市里难得的春景，激起了人们快乐的遐想。

消食散步的人，即使天天见到此树，还是会惊讶花朵开放的速度。同一株梅树，一天一个样。头一天还是满头的紫红的馨白的绯粉的花苞，第二天树梢的几朵就先声夺人，迫不及待地在正午阳光中开了，第三天，第四天，它渐渐地将花伞慢慢打开。专程来拍花的人看上去都比较专业，和匆匆路过掏出手机随手一拍的人不同，他们通常是银发族，相约而来，呼朋唤友。他们背着背包，挎着单反相机，有的还装备着长焦镜头，甚至带着反光板和遮光板。他们将镜头对着一朵花，左右上下变换角度，能拍上好半天。最可乐的是游人，遇到城墙边的热闹花事，匆匆奔来，顺着赏花小道，一路走一路念念有词，认着树下的铭牌，读着石碑上城墙的介绍，时而频频点头，时而惊喜称叹，仿佛在路上意外捡到了一段美丽的风景。

每一年，春天都会来，每一年，花儿都会开，每一年，城墙都还会矗立在那里，可是，每一次见到这柔软芳菲的花儿，人们心底就会升起莫大的愉悦。四季轮回，回环往复，初生和初始，总是令人希望满怀。古城梅花，就是春天开始的信息。

北京春光不长，花儿是知道的。自从城墙修复后，明城墙遗址公园里就移植了千株梅树。沿着城墙，自西向东穿插点缀其间。

西起，先是几枝粉梅先声夺人，在路口展开粉嫩衣裙临风招摇。接着，沿着蜿蜒小路，深入公园，树冠各异、花形多样的梅花树令人应接不暇。随手一拍就是美景，这梅花有近600年城墙的灰度做背景，怎么拍，怎么好看。单拍一枝一朵，不用虚化背景，青灰的城墙砖就是最好的底色。如果要拍一树一片，城墙是你镜头里最好的延伸线。城墙早已经不是当年威武俊挺的模样。西边的一段还算完整，中间一段断壁残垣青砖剥落，像是破棉袄里露出了棉花，灰白破落得不成样子。据说这是为了保护原貌才特地不修得太完整。作为新鲜花朵的陪衬，这份沧桑感不是摄影棚里假山假景所能替代得了的。

城墙中间一段，梅树品种最为丰富。仅仅从梅树的形态上，直枝梅树树干舒朗挺拔，龙游类梅树枝条如一团丝麻盘在主干上，垂枝梅树最美，形似一捧梅花花束。樱李梅颜色最靓，粉粉的，轻俏得像个甜美的少女。杏梅则大气热烈、花开如云。城墙中段那几株高大的杏梅，一树雪白，张开巨大的花冠，树梢几与城墙一般高。走到树下，粉白的花枝亮度极高，在春光中晃得人睁不开眼。每年，这几株杏梅的花影都会在镜头里出足风头，从镜头飞到网上到处流传。站在树下，风过吹落花瓣如雨，树下枯草地上花瓣厚铺几能成席。

城墙东边一段修复得最好，依然古旧的样子，依稀壮年时称盛京城东南睥睨苍生的样子。角楼修得尤其好，楼下有"北京城东南角楼"的石碑。如今，城墙内外的高楼比比皆是，城墙如一老者，在自家领地里守着祖宅安享晚年。看过繁花似锦、盛世骄阳，看过剑拔弩张、战火烽烟，也曾被肢解得七零八落，又被修补好成了今天的模样。城墙经历的过往都写在了身上。公园东边的植物相对茂密，梅树成了陪衬。每年，这里有梅花文化节，各种人工造景也来赶热闹。城墙附近的崇文门，明清时期就是舟车客商往来的枢纽之地，商贩游走，车水马龙。再沧桑厚重的历史都是过往，只有生生不息的生命在吐故纳新，在一个个春天里带给城墙新的希望。

春雪后，空气里还未有温暖，冷风拂面，人们还需围巾绕颈，尚未能敞开大衣襟。幸好有报春的梅花，在早春不惧风寒，成为古城墙边美丽的春的使者。

遥远的乡愁

月亮不知什么时候走到了天穹的顶端。

轰鸣声起，月亮晃动起来，水波一般。

白杨树的叶子在月光下像一面面小镜子，闪着银光，

和月亮对话。

童年

在我的出生地，倒是有一片敞亮得没边的大地给我看，像是山水画的留白。童年于我，懒得很，一幅画只得宣纸一角有水墨痕迹，其他都做留白，能记一忘三二已是不错了！

小时候，第一件事就是，待着。

在20世纪80年代的新疆生产建设兵团，父母忙于和大自然做斗争，种树，种树；种粮食，种粮食。本就地广人稀，一到白天，人都到田地里劳作了，居民点空荡荡的，我就成了一名游荡儿童。我走过场部办公大楼，走过综合服务部（小卖部）、邮局、银行、学校、礼堂、露天影院，走过场部的每一条大路。我在树林带编织的格子棋盘里走，却不是一颗听话的棋子。

我在林带里丢过一只凉鞋，在综合服务部前看小贩卖瓜，在同学家看她妈妈用清油和面做拉条子，在综合服务部后院看宰杀牲畜，在场部办公楼后面的露天电影院看《尼罗河上的惨案》，在种畜场看奶牛奔腾回舍后年轻的小伙子给母牛挤奶，在瓜地里看人扒开一个个瓜取出黑瓜子扔掉淡黄的瓜瓤，在家婆的暖房子里看家婆做故乡的冻米糖门外大雪纷飞，在家婆家的小院里看太阳花月季花小野花一气儿乱开……

原来，我记得这么多，我是不是忘记的是一二？不过，这也不多。如果把它平铺在我3岁到7岁的童年里，1000多天才记得这些，也是少了。

待着，无所事事，无人交流，面对高天厚土，每天只得和天地对话，我成就了我自己。

第二件事，说话。

和谁说呢？和天空里的云朵说。"你从哪儿来，你到哪儿去，你咋变成羊了？"云不回答。

和地上的蚂蚁说话。"你驮个馍馍渣到哪去，那边洞洞是不是你家？"趁我一不留神，蚂蚁钻进了地下的家，我还痴痴等着。

和林带里的白杨树说话。"人家都叫你钻天杨，你真的能钻到天上去？""在你身上用刀划的记号，升得太快了，手够不到了。"大风过后，白杨树哗啦啦响，和着戈壁深处的大风轰隆隆的巨响。

和房子后的土墙说话，和院子里的花儿说话，和菜地里半青半黄的西红柿说话，和白雪盖着的地窖里的白菜萝卜洋芋说话，和带着清冷气儿的冬天的第一朵雪花说话。

成年后，我一直不能很好地公开演讲，对面的人超过3个，我说话就得打战结巴，我想肯定和我那些年说话没东西搭理我有关。我当时一定说了很多话，可惜，我没有好记性，注意力又不够，被以后出现的新东西牵着鼻子走。

不过，我不担心，我还是我，没有变过。那些话一定在我大脑的某个秘密的地方藏着，说不定，哪一天就冒出来了。

第三，冒险。

天有多高，我不知道。日月星辰在高天拉大幕，按着一页一页的日历登场。天的阴晴却直接影响了我的心情。冬季，乌云压顶寒风大叫的时候，我就缩在家里嗑瓜子儿看电视，向日葵的盘子被我抠得坑坑洼洼。幸好，天晴的时候多，我就去冒险。走出"棋格子"，只要不是去总场，那么，场部的每一条路都会被走到尽头。

先是柏油路变成砂石路，然后变成土路，然后路基渐渐变低，然后，路就和大地融为一体。路没了，我开始恐慌。路就是母体，我是那个见到新世界要大哭的孩子。冒险是刺激的，可我是胆小鬼。每次，我只敢奔出路尽头一点儿，每次一点儿，每次一点儿。我还会回头看我的母体，那里是安全和稳妥。在每一次超越自我的极限冒险中，我见到过很多新奇的东西。

春天，沙尘暴吹着石头跑，我常常在狂风里紧闭着嘴抱着白杨树挪动。

夏季最好，蒲公英从干干的沙土里冒出来，张着黄色的小花脸。红柳条是场部语录里最光荣的"人"，大人们说要像红柳一样扎根戈壁。人把根扎在土里，我想，有点儿惨。这红柳后来成为烤羊肉串的最佳木签材料，此是后话，当时它们多光荣啊！

秋天的戈壁，冷风呼呼，没啥意思。不过，一年的收成都在那里了。戍边最好能自己养活自己，没想到后来场部种的啤酒花棉花卖到了国外。

冬天，我被大人困在家里，哪儿也不去了。顶多是贴着火墙听大舅讲在雪地里如何撵兔子。大舅是雪原上最强大的，兔子陷进雪里跑不过他。

因为待着无聊，我才和动植物说话；因为它们不回答，我才想去冒险；而因为冒险，有一幅画就永久地留在了我的脑子里，成了记得的那个一。

秋天，应该是个秋天。一定是大人们忙着收那点叫作成果的东西，要不场部里都没人？我又一次冒险，在一条路的尽头闲逛。

由远而近，一阵马蹄声，接着是飞扬的尘土，接着是巨大的莫名惶恐袭来。还没反应过来，一匹高大的黑马立在了我眼前。高到什么程度，我要使劲抬头，才能看到马上有个人。一双陌生的眼睛，一顶黑黢黢的帽子，面目我已记不清。更可怖的是，他右手托着一只鹰。我敢肯定，那的确是一只鹰。它不耐烦地踏着利爪，微微扑棱着翅膀。我看到了它的眼睛，那是一双看到猎物后，闪着兴奋的光的眼。我如一只小兽一般，被那道光锁在了原地，动弹不得。幸好，这个哈萨克族同胞只是路过，看清我这个汉族小孩惊呆了的样子后，大笑着扬尘而去。

我听到了风声，风声的背景是静默。马蹄声，笑声，都被风带走了。

后来，我自己结束了童年时光。

不再到处游荡，也不再傻待着。我找到了三姨家柜子里的十几本书，开始学着认字、读书，探索外面的世界。

有一天，无意读到岑参的诗：

"山回路转不见君，雪上空留马行处。"

鼻子一酸，我莫名地哭了，放声大哭。

白杨树

太阳消失了，暮色四合。

风从戈壁荒漠深处吹来，令人感到凉爽。路边林带里的白杨树轻轻晃了晃头发，窸窸窣窣。林带里，清凉的水已经完全渗入地下。风拂过，吹来丝丝水汽，清润无比。喝了一天水，白杨树的叶子油亮亮的，树干上的眼睛湿润润的，泛着柔柔的光。

天空趁机展示它的颜料盒子。绯红、浅紫、靛青、深蓝，穹庐似的天空，成了色彩变化的环幕。白杨树的眼睛随着光线色彩变化着眼神，金色的眼眉惊喜，紫色的眼神妖媚，蓝色的眸子深邃。

太阳走的一刹那，带走了光，收走了锦绣霞衣，夜色瞬间笼罩大地。白杨树在马路上投下的影子突然消失了，几颗星子冷而闪，如水晶点缀天幕。

一棵白杨树有几十双眼睛，一百棵白杨树就有数千双眼睛。林带沿着马路延伸，将团场划成棋盘格子，房子院子都在棋格子里，人也在格子里。我就出生在棋格子里的房子里。

新疆生产建设兵团团场的建设者一定是个棋迷，要不横平竖直的道路和林带怎么都这么像棋盘呢？马路主干道边种的是白杨树，团场外围的林带里栽上了沙枣树，团场的支路边种着榆树，场部机关周围还种上了杨柳树。初夏，沙枣花开，色彩单调的团场戴上了黄花围巾，走过林带，香气扑鼻。杨柳则舒展着柳眉，笑盈盈地看着孩子们。碧绿香甜的榆钱，褐红的沙枣都是团场孩子们顶好的零嘴儿。榆树是上好的木材，人们都巴巴盼着能给家里添个结实的大衣柜。

白杨树最特别，因为它们的树干上有眼睛。再调皮的孩子，看到一只只刻在白杨树干上的眼睛都会消停下来，悄悄地，轻轻地，走过白杨树林带。林带里的白杨树一列四棵，成排站立，它们的任务是站岗。它们不是野生树林里随意生长的树，想在哪里就在哪里，枝条想伸向何方就可以伸向何方，哪里水好就往哪边长。林带里的白杨树一出生就有着神圣的使命——站岗。守着马路，挡着烈日，拦住风沙。它们是守护团场的士兵，气宇轩昂，威风凛凛，根根笔直，棵棵挺立。它们是近卫军，是护卫队。它们都穿着绿色的军装，青白的军靴，系紧风纪扣，扎紧皮带，食指贴紧裤缝，挺挺地站军姿。

团场的人不多。麦收的时候，不多的人也都去了麦田，去一望无际的金色稻浪里翻腾。麦田周边也有白杨树。不过它们只是松散地站成单列，它们的任务是给麦地当地标，无须站军姿，只要守岗就好。有了它们，收割机驾驶员才能找到收获的战场。

地连着天，天连着地，戈壁里开垦出的麦田里有白杨树，它们是天然的地标。没有它们，麦田就太孤单了。麦子从头一年九月播种，然后以天为顶，以地作床，经过西伯利亚的寒风，受过硕大的雪花席卷，喝过天山山麓融化的雪水，在黄沙漫天里拔节生长。没有白杨树陪伴，麦田就很单调。浇麦子的水渠边，插一根春天的白杨树枝，枝上有绒绒的芽儿。到了夏天，这里就有一棵小白杨。一年年，团场的人都会在麦田水渠边插白杨树枝。四季轮回，无须管理，它们就会自然生长。这些白杨树没有林带里的白杨高大挺拔，它们长得随意，留了长发，穿了便装，迎西北风的一边枝叶短小粗壮，背风的一面朝阳，得了天然之势，枝繁叶茂。

你看，林带里的那些眼睛正凝视月光。

月亮终于逃离地平线，只一眨眼，它便将天空接管。星子渐渐退到舞台边缘，一场月的独舞即将开始。月像一盏高悬的荧光灯，把白亮的光洒在戈壁上，洒在团场的林带里，白杨树的眼睛愈发深沉。月色下，有枭鸟悲鸣，麻雀此时捋了声；月色下，马路变成了一条白亮的带子，晚归的人有了一条月光之路。白杨树皮在月光下愈发亮了，衬得眼睛更黑了。

在白杨树成长的过程中，春季剪枝不可少。剪枝的卡车驶过，车斗里的人用带着大钩子的长竿，将白杨树树梢以下的新枝削去。钩子锋刃闪过，一棵白杨没几分钟就被剃去了下部的新枝，只留下花束似的树冠。刚整理过枝杈的白杨树抖抖头发，精神得很。删繁就简才能心无旁骛，剪去斜逸旁枝，白杨树明白了自己的使命和方向。向上，向上，向上，不停向上！向上才能把根深深扎进土里。长得越高，根扎得越深；长得越壮，根扎得越紧。四列士兵般的白杨树把脚站稳了，马路就稳当了。剃去新枝的地方，新的伤口留下了青青的汁液。没几天，这个伤口就结了褐色的疤，没几年，这个疤就变成了一只眼睛。树干越粗，眼睛越大；树冠越高，眼睛越多。这些眼睛是白杨树向上留下的伤疤，是成为一名护卫队员必须经过的洗礼。

咔嚓嚓，咔嚓嚓，一辆庞大的机器慢吞吞地走来，震得马路颤抖。它是个大家伙，把马路双车道都占了。人们叫他"康拜因"，它的轮子有一个成人高，肚子硕大无比，驾驶室前面还横着一个巨大的卷轮。

白杨树看到康拜因过来，瞪大了眼睛，像是检阅场上的士兵在向检阅的首长行注目礼。这个庞然大物，在团场的农业生产里功劳极大。它唯一的使命就是收获，全名叫联合收割机。麦子收割的季节，它几乎天天都出去。它徜徉在麦田金色的毯子上，游弋在金黄的波浪里，用它的大卷轮收割麦子。一片片，一道道，不急不缓。麦秆被它巨大的卷轮卷进嘴里，然后在大肚子里翻腾一会儿，就从顶部的大管子里吐出金色的麦柱。一辆卡车适时地跟在收割机后面，像个小跟班满心喜悦地跟着大哥，偷着乐。乐啥呀！大哥踱着步子，吐着麦子。麦子在风中飞扬，流水般倾泻到卡车车斗里。这都是麦田里那些白杨树说的。风，是传语者。哗哗，唰唰，沙沙，白杨树在摇头晃脑，听着悄悄话，说着悄悄话，传着悄悄话。

康拜因回来的时候，月亮往天上刚走了一半。白杨树的头发在马路上留下了一道道黑影。白杨树的眼睛迎着康拜因的大灯，瞳孔尽现，眼角全开。它们知道，收割机肚子里全是麦粒儿，它没吐干净呢，卡车小弟就吃不下了。鸟儿是康拜因的粉丝，总在它身边盘旋。鸟儿冲着白杨树的眼睛啾啾喳喳，兴奋得不行。看，有一只眼睛是眯着的，它在笑；有一只眼睛是瞪着的，它在怒视这些贪嘴的鸟儿。康拜因巨大的轮子压在马路上，马路使劲抵住。白杨树有多高，它的根就有多深。白杨树的根须抱住了路基，它们是守护者。

马路不怕康拜因，虽然它身躯庞大，但是肚中空空，重量不大。大轮子滚过马路，留下的只是嗡嗡响的震动。马路最怕东方红拖拉机压碾过去。拖拉机的链条式履带是厚厚的钢板做成的。几个轮子被包裹在履带里，履带上有尖利的牙齿。它们像食肉动物一样啃过马路，给马路留下一道道深深的齿痕。拖拉机如钢甲战士，是戈壁滩上开荒的好手。碎石，沙砾，死根，草甸子，它都不惧。没有路，拖拉机便用自带的两条厚厚的钢板铺路。白杨树告诉我，每次钢甲战士走过的时候，它们都眯着眼睛，假装睡着了。钢甲战士的声音简直可以用震耳欲聋来形容。咔咔咔，轰轰轰，突突突，马路留下了两道深深的痕迹，沙土飞了起来，扬成一团尘。白杨树眯上了眼睛，抖了抖头发，新发型很美，也刚被水滋润过，尘土没那么轻易落在上面。

月亮不知什么时候走到了天穹的顶端。轰鸣声起，月光晃动起来，水波一般。白杨树的叶子在月光下像一面面小镜子，闪着银光，和月亮对话。

团场迎来了一天的欢乐时刻。孩子们在马路上追逐，人们都从家里出来了。吃罢晚饭，享受夏夜的清凉。白天，太阳炙烤过的土地，燥热异常，到了夜里，温度迅速下降。白杨树林带里湿湿的，软软的，褐色的泥包裹着白杨树，水汽竟然生寒。人们披上了厚外套，在难得湿润的林带边散步。刚才操作康拜因的司机，正和他的孩子在林带边玩耍。一不小心，他的脚踏进林带。惊叫一声，脚陷进了软泥里。"嘿，好久没有玩泥巴了，脚上的泥可以做个小坦克。"他拔出脚，顺势脱了鞋子开始刮泥巴。他的孩子惊喜地叫着喊着，要和父亲一起玩泥巴。

白杨树睁大了眼睛，看着这个迸发出童心的男人。他黑黢黢的，头发乱糟糟，眼睛亮晶晶。他身上的牛仔布劳动服已经洗得发白，干干净净。围在他身边的那个小子是他儿子。这个壮实的小子，白天就在林带边摔泥巴墩，在林带里蹚水，光着脚丫子踩泥巴玩。白杨树认得他。去年冬天，团场被厚厚的雪被子盖着，这个小子在林带里挨个儿踹树干。他戴着雷锋帽，缩着脖子，使劲踹一下树干，然后慌忙跑开，乐呵呵地看白杨树下雪。

冬日里，白杨树光秃秃的，头发没了，只留下褐色的枝条。

大雪过后，琼枝玉树。白杨树本想穿上雪地服隐在大雪里，可这小子是个调皮捣蛋的家伙。他一路走，一路踹。"哎哟！好疼。"他一声惊叫。原来，超过碗口粗的白杨树生生将他的脚反弹了回去，疼得他抱着脚单脚直跳。白杨树都认得他。冬日里，他专门找细小的白杨树树端，白杨树上停住的雪屑纷纷扬扬落下，在微风中起舞，成了一团白色雪雾。

月在中天，皎皎如雪，清辉洒满团场，亮如白昼。

戈壁深处，风声呼啸而来，白杨树树冠摇摆着，哗哗，哗哗哗，哗哗哗哗。鸟儿不见了，人也都散了。已过子时，夏日夜短，人们要抓紧时间好好休息。白杨树在一片明亮的月光下，依然睁着眼睛，守着团场。

雪色四條
雨不有
人家名雪色
暗～是
我之外
宇郭
子宅
諧也

白雪芳草湖

芳草湖在新疆天山北麓，准噶尔盆地南缘，东北临古尔班通古特沙漠。那里曾经是呼图壁河下游的冲积平原，也曾经是粗砂、砾石覆盖的荒漠。

芳草湖的色彩很单调，据说第一批兵团人来到此处，但见荒草连天，戈壁连着大漠，飞鸟难寻，走兽绝迹。牧民称这里荒草湖，兵团指挥员振臂一呼，改荒草湖为芳草湖。一字之差，荒草似乎也有了芬芳，芳草湖寄托了兵团人美好的期望。兵团人就像红柳和梭梭柴一样在芳草湖上的戈壁滩扎下了根，芳草湖成了兵团的农场。

被风沙侵扰了千年的戈壁，蛮荒而贫瘠，兵团人忙着建定居点修路，开荒垦地，植树阻挡风沙，结识哈萨克族牧民同胞，孩子们就在戈壁滩里玩耍。孩子们喜欢这里，大地平坦，天宇辽阔，即使跑上好大一会儿，也跑不出变化的风景。一只沙地里窜出的沙老鼠，几朵开在砾石边的蒲公英，三两株高大的沙枣树，如士兵般站立的钻天杨，它们都成了孩子的玩具。

沙漠变绿洲，是第一代兵团人的梦想，其中的甘苦自不必说。人向戈壁进一步，黄沙就退一步。夏秋之季，在色彩的拉锯战中，人们一点点地用绿色盖住土褐色的戈壁，一点点将人的痕迹留在这千古之荒。而到了冬天，白色则成了芳草湖的主题。

凛冽的北风呼啸着排山倒海闯过西伯利亚的原野，到了芳草湖还丝毫没有减弱的趋势。戈壁滩上的砂石像是着了魔一样，跟着风欢快地奔跑，全然忘了夏日里对草甸子边那朵盛开的小花的承诺。

狂烈的北风，让戈壁滩汹涌起伏，砂石正在举办一场诡异的狂欢。平地而起，遮天蔽日，横冲直撞，回旋乖张，它们携着黄沙张开巨口，想将戈壁上仅有的绿色吞噬。

前面，突然出现了一堵墙，一道绿色的墙壁，落了叶子的白杨树精神抖擞，手拉着手站成一排。巍峨的阿尔泰山也没能挡住西北的大风，这小小林带算得了什么？第一道防线被冲破了，风正想歇口气，第二道、第三道林带又挡在了前面。芳草湖的兵团人早就准备好了应对狂风的攻击，他们可不再会上北风的当，早早加固了牛羊圈，窖藏了蔬菜，收拾干净了新田里的果实，他们也早早就养好了树林带里的白杨树，让它成为训练有素的抗风沙士兵。他们专等着一场大雪来装点家园。

雪，终于落下来了。

雪花，是严寒里最美的花，是冰雪女王用锋利的风剪剪出的花儿。由一个冰点散开六瓣，每一瓣再伸展出枝桠。一朵，两朵，三四朵，朵朵美丽，朵朵精彩，它们乘着风，滑行、滑行，飞扬轻舞，奔向荒凉的大地。它们在高空中忍受了严寒的考验，百炼成花，化为薄薄的一片一片，密密地在天地间织成一张白色的花网。芳草湖的雪花，在我童年的记忆中，格外美丽，它们有轻盈的身姿，动人的气息，醉人的芳香。雪花是随性惯了，歪歪斜斜，横七竖八地落在戈壁、定居点，躺在榆树的枯枝和茭茭草上。它们不会挤挤挨挨，它们之间都留有空隙。挤在一起的结果就是互相消融，然后结成冰坨子；留着空隙，每一朵雪花都可以保持美丽的样子，冷空气钻进缝隙给花儿降温。

芳草湖的雪，不会立即消融于砂石中，是要等到春天的阳光将它们唤醒，在春光和春风中消解自己，化成雪水，渗到戈壁干燥的土壤里，浸润一粒粒顽强的草籽。雪花，无论落在哪里，都会无怨无悔，像意志坚定的兵团人，哪里需要，他们就可以飘向哪里。只要落地，就能生根发芽，就能抱团抵御各种困难。雪花，落在地上，朵朵花儿手拉着手，结成一张巨大的纯白的棉被，将经历了三个季节的荒凉燥热的戈壁滩盖住。那如野马般狂奔的燥气，那如鬼魅般恶劣的风沙，都被这绵密的大雪盖住了，都被雪的静谧安定了心神。

芳草湖的雪，是最轻柔的表达。它给一年四季以黄土为基色的芳草湖以纯洁无瑕的至白。那白色干净得让人疼惜，即使是最强悍的猎手，最粗糙的农人，最坚毅的士兵，见到这环宇澄静的世界，心中也会生出温柔来。不是么？北风如刀锋划过戈壁，和粗粝的砂石摩擦撞击，发出凄厉的长啸，令人胆寒，让人心中也不自觉地惊恐。可是，雪来了，安慰了这暴躁粗犷的戈壁，给它穿上了白色的大氅，爱抚般地轻轻拥抱着荒滩。你会惊讶，昨日还粗鄙丑陋的戈壁，只一夜，便粉妆玉砌、琼华芳姿、脱胎换骨了。你看，在大风中摇摆的白杨树、榆树和沙枣树的枯枝都成了白绒绒的玉条，戈壁滩上的草甸子变成了一个个白蘑菇，顶着雪儿猫冬。天空更是一改昨夜的浓云压境、愁云惨淡，露出本来的蓝。天空澄莹湛蓝，没有一丝云，云都落到了地上。

大雪，给这残酷的自然环境和荒芜的天地以浪漫之心。清晨，白色的霜花在窗玻璃上画下美丽的花纹。真冷啊，昨夜的炉火已经熄灭，清晨室内明亮，呵气成霜。躺在厚厚的羊皮被子里，耳朵伸出热热的被窝，遇到冷空气就麻酥酥的。玻璃上的霜花，异常美妙，那图案自然天成。随着室内热气升腾，霜花便慢慢流淌。门前林带里的白杨树披琼挂玉，等着孩子们去嬉闹。偶尔有人走过，孩子们会使劲用脚一蹬，那树桠上立着的雪便簌簌坠落。重的雪团落得快，直灌进人们的脖子里，轻的雪花在空气中走着优雅的"之"字，飘在人们的发梢眉间。路人也不恼，笑骂出门踩雪的孩子。

门前有一串脚印伸向远方，后来者为了不沾湿鞋子和裤脚，就踏着那一个个如墨点一般的脚印前行。走在马路上踏新雪，深不过膝盖，浅不过鞋面，鞋底与软雪摩擦发出吱吱的声响。可走在雪野，你就得小心翼翼，一试深浅。险处亦有乐趣，第一脚踏进雪中，不知深浅，那种探索未知的好奇，牵动了孩子们的心。他们的血管里流淌着兵团人的血液，从来不会害怕未知的地方。走进雪野，就像走进一张白如生宣的画纸，以脚为笔留下一行墨迹，天宇之下刹那间仿佛一幅宋元山水，那些还未踏足的地方就是留白。

很多年后，我在江南湿冷的冬雪中踟蹰独行的时候，我的心中却是极其怀念芳草湖大雪中的温暖。那是兵团人面对残酷自然环境的无畏而产生的热度，是土坯房里火炉被黑亮的煤块烧得通红的热力，是人与人之间抱团取暖消除隔阂偏见而产生的热源。这温暖，穿过皮肤直抵内心。

兵团端午

天刚亮，她走进院子另一头的土坯小屋，坐到灶门口探头看了看，将灶膛里的煤渣捅开，零星的火点在漆黑的灶膛里亮红。鼓风机插上电，呜呜声中火点闪出了一丛蓝色的小火苗。她将洗干净的鸡蛋一个个放进焖了一夜的粽子间，然后再盖上锅盖。灶上大铁锅不一会儿就冒出了大团大团的水蒸气，随之，浓浓的粽子的香味飘出了小屋。

天边的一轮红日，又大又圆，从广袤的地平线缓缓升起。一阵清凉的风从戈壁深处吹来，一缕阳光穿过定居点四周的树林，片片圆圆的白杨树新叶在金色的晨光中闪闪发光。家家户户的房顶都冒出了炊烟，在晴朗明净的天空中被微风吹散。二队的放羊老汉已经把羊赶到了林带里，小羊咩咩的叫声传进了院子。

　　我是在一夜的欣喜甜美中睁开的眼睛。天光大亮，想起昨天包的粽子，我一骨碌翻身下床，趿拉着鞋奔向小屋。姥姥正将石头挪开，铁皮锅盖像是从水底浮了上来，被锅里的东西顶开一拳高。揭开锅盖，一个个黄绿色的粽子在水雾散开后鼓胀着，棱角分明，足足撑满了一米宽的大铁锅。姥姥将粽子一串一串从锅里拎出来，热气腾腾，放到大瓷盆里晾着，又舀出新煮熟的鸡蛋放在凉水里浸着。几天前，姥爷就步行十公里去场部买糯米，大舅骑着摩托车去水库边摘苇叶，为的就是端午节姨姨舅舅们拖家带口回来过节吃粽子。昨天，我咽着口水眼巴巴地看着姥姥将包好的粽子送进那口黑色的大锅，听着姥爷说包粽子是为着纪念一个亡了国投江而死的诗人。望着土黄的院子，黄土夯实的院墙上方蓝蓝的天，天上几朵变来变去的棉花朵似的云，我没能明白粽子喂鱼是怎么回事。然而，很多年后的一天，当我站在平静宽阔、流水汤汤的长江边的时候，我才明白了姥姥的梦里水乡是何模样，也理解了姥爷整日念叨的家国情怀是怎样的一种情感。

　　兵团的土地上很少种植水稻，芳草湖农场的冬小麦地一眼望不到边，它是兵团人在戈壁荒原上梳理出来的大地的绿装。修建小海子水库，修筑连接各分场和连队的防沙公路，栽种防风沙侵蚀的树林带，种植为国家换取外汇的啤酒花和棉花，姥爷和姥姥在兵团度过了一段极其艰苦的岁月。生活物资匮乏的日子，节日也格外简省。姥姥说，刚到兵团，他们住着地窝子，吃着大食堂，端午节没法包粽子。到了20世纪90年代初，姥爷和姥姥开始在这片新开辟的家园安享晚年。彼时，戈壁沙滩在水库灌溉的保证下变成了良田，沙漠也在几十公里外站住了脚，农场的机关、学校、医院和各种生产加工厂都已建立。节日，在生活渐渐丰足的日子里，对他们来说愈发重要。

二队一百多户人家，来自全国好几个省，平时大家吃的都差不多。一到过节，可就热闹了。当我正蘸着白糖吃第三个红豆粽子的时候，邻居毛丫的妈妈蒸了扇子馍馍送来了。印有红色鲤鱼图案的瓷盆里，一把把白白胖胖的小扇子打开了。姥姥将两大串粽子放到毛丫家的盆子里。

"丽华妈，你家今年的粽子比去年大。"

"今年水库边的苇叶长得好，叶子宽，包的粽子就大了。"

毛丫妈妈蒸扇子馍馍，说是端午过后天气热，蒸个扇子好扇风。两户山东人家用黄米和大枣包粽子，四角端方，又大又实，沉甸甸的像个小枕头。他们家的孩子端午那天还会在手上缠彩色丝线，到处疯跑炫耀。我最爱吃四川佬包的粽子，粽子里裹的是腊肉。四川佬个子不高，本没有媳妇，到了二队才娶了个甘肃女人。过节的时候，他就围上女人的围裙做好吃的。端午节那天，他会将腊肉粽子送到各家，虽然只有两三个，但那是嘴馋的孩子们的最爱。我建议姥姥也包肉粽子，可姥姥说哪里有甜粽子好吃。是呀，哪里有比故乡的食物还让人牵肠挂肚的呢？

早饭过后，小院子迎来了一波又一波的人。从这个小院子走出去成家立业的儿女们都从十几公里外赶回来了，小院一下子生动热闹起来。院子周围的杏树、李子树枝叶婆娑，后院的菜园里新长出的菜苗青绿可人。空气中充斥着一种欢愉的情绪，那是节日独有的，它奏响了一年中动植物生长最快的夏季的序曲，也迎来了荒凉的戈壁滩一年中植被最丰茂的季节。

端午节是春节过后，姥姥家儿女们的一次大聚会。儿女们都在兵团出生，在兵团长大，像一棵棵钻天杨一样在风沙中笔直生长。姥姥和姥爷早已习惯了农场的一切，就像熟悉故乡风物一样。20世纪80年代初，姥姥姥爷曾坐着火车三天三夜，顺着兰新线、陇海线、京沪线，一直到上海，然后又乘江轮逆流而上，回到离别将近30年的故乡。原本支援边疆几十年，退休后要还乡养老，可故乡物是人非，兵团的生活早已让他们无法割舍。流过汗水、泪水和血水的土地，该种的都已经种了，该收获的也正在收获。在30多年的辛勤开垦中，兵团人早已在与自然环境的斗争过程中结下了朴实自然的情感。

故乡回不去了，可故乡的事物在姥姥姥爷的心头越发清晰。每个节日，他们都会念叨故乡风俗。端午门头是要插艾草的，端午是要赛龙舟的，端午会下雨，雨水能将青瓦和青石街洗得透亮。姥姥年复一年地一遍一遍地讲着故乡的端午节，姥爷高兴的时候还会唱几句"日月忽其不淹兮，春与秋其代序。惟草木之零落兮，恐美人之迟暮"。

姥爷口中的草我小时候几乎没有见到过，那都是些在江南温润气候中才能滋养起来的。但是端午节前，农场场部林带里一排排红褐色的枝桠上会开出嫩黄的沙枣花，白杨树会抽出柔绿的枝条，榆树会将浅绿的榆钱一簇簇挂满枝头。水库里的清流穿过林带和沟渠，滋养着干涸粗粝但日渐肥沃的土地。春风还是吹过了玉门关，只不过来得迟，花儿便渐次开放。

谁又能想到，30多年前读着唐诗宋词的青年带着美丽的妻子来到这片莽荒的土地上，艰苦稼穑。在农历五月初五这一天，他们和千万兵团人一样，身体里的文化因子复活，在没有雨水的端午，遥祝一杯酒，纪念万里之外的江水边的亲人。

如今，姥姥姥爷都已作古，我也离开兵团参加工作。现在回想，那时候的端午节真是一场兵团人的集体记忆。人口的迁徙也是文化习俗的迁徙。端午的粽子、鸡蛋和彩线，已不再是简单的物件，而是寄托着我们民族的驱邪避疫、祈求平安的情感。即便是在兵团垦荒种田的初期，凝聚着人心和人情的也是中华民族深厚的文化底蕴和人文关怀，那幽幽一缕文化之脉拉近了来自五湖四海且互不相识的兵团人的距离，加深了他们共同战风斗沙、开创新生活的情谊。

兵团人在共通的节日风俗中，找到了共同的心理认同，并在共处的环境中融合了各自差异，形成了一种新的集体情感。

腊月春联

今年，我特地从一家徽州人开的网店买了几副春联红纸。那种裁剪好的五言七言春联纸，写字的部位还有金色团花暗纹。我打算自己写春联，不再贴印刷体的春联。平时不练字，进入农历腊月，我就找来笔墨，开始认真练习。

要自己写春联，家人不置可否。小商品市场年货摊上，春联有的是。烫金字红绒面的，铜版纸印刷加五彩生肖图案的，还有一种春联，上面撒着金粉闪着五彩小灯。现成的春联，既好看方便，又结实耐用，贴在门上，一年几乎都不会脏、不会破。这些春联还和"福"字、窗花等喜庆的饰品一起打包出售，价廉物美。

岁月增长，我却愈发怀念童年时代写春联的时光。20世纪80年代末，我家住在新疆生产建设兵团。每年一进腊月，我就和表妹们徒步5公里赶到二连的姥姥家，打扫卫生备年货，追猫逗狗堆雪人。能让我们这些七八岁的皮孩子安静下来的，只有姥爷写春联的时候了。

农历腊月二十，姥爷在大屋铺开了场子。我们则被姥姥赶到凉房子玩耍。西北冬天冷，每家都会留出一间屋子不生火，当冰箱冷藏室用，储存食物。过了油的花生，炸的面果子，姥姥做的冻米糖，炒熟的瓜子。我们边玩耍边偷吃。

记得上小学四年级那年农历腊月，我被叫去给姥爷打下手。心里那个自豪呀！一大早起来，姥姥给姥爷炒菜斟酒，把大屋的火炉烧得炉膛发红。坐在姥爷身边吃饭，我能闻到酒香，听到姥爷如老牛般慢慢咀嚼的声音，还有烟从火墙里哄哄而过的声音。姥爷用那双粗糙得裂开口的手，端起酒杯，小口嘬酒。我感到姥爷脸上闪着不一样的光，浑浊的眼睛无比清亮。读过私塾，上过新式中学的姥爷，为写一笔好字曾练字练到手腕红肿。到了新疆，这双手却常年与土地打交道，与自然的风沙做斗争，仿佛只有到了腊月，它的意义才能体现。

姥爷家所在的二连，有100多户人家，来自江苏、上海、安徽、四川等口里（新疆方言，意为除新疆以外的其他各省）好几个省。尽管各家过年风俗不同，但是贴春联却是必须的。而那些春联都出自姥爷之手。一进农历腊月，漫漫戈壁和万顷良田都被冰雪封冻，姥爷家就陆续有人登门，只为求一副春联。两个鸡蛋，一块砖茶，甚至是一袋瓜子，姥姥都不拒绝。姥爷则一一记下人家的要求。正月里家里要办喜事的，来年家里要添人口的，还有开商店的，开裁缝铺的，开修理厂的，放羊的，种地的。根据家家谋生的职业和来年家中大事，姥爷为人家专门创作春联。用现在的话说，这叫"定制"。

姥爷有个小本子，专门记他平时写的古体诗。还有一本新华字典，用来查简化字。原来，姥爷第一次给人家写春联，那家大人不识字，家里读初中的孩子说不认识春联上的字。那家大人上门赔着情说："老余，你学问好，能不能给写个娃子认识的。"姥爷缓缓说："哦，我再给你写一副。"那副春联是："春回大地萬象新，梅花吐絮慶新春。""萬"字和"慶"字都是繁体字，那家娃子不认识。自此，姥爷写春联必备新华字典。

写春联一般从早上10点开始。大屋的窗玻璃上满是晶莹的冰花。初升的日光透进屋里，灰白的，写字得开灯。因高度近视，姥爷每次折纸裁纸的时候，几乎都是弯腰贴在纸面上。光裁纸就耗费了好多时间，他还要将裁好的长条红纸叠成有五个或者七个格子折痕的。折纸是为了在春联上写出大小位置合适的字。我在一旁毛躁得不行，恨不得姥爷立刻提笔挥毫，一蹴而就。第一次"伺候笔墨"，我就闯了祸，打翻了墨水，弄乱了纸。姥爷——示范，我才井然有序地将这些书童该干的活计做顺了。

翻开小本子，心中默念一遍，姥爷将那只用了多年的大白羊请出来。灰白的笔毫在碗里吸饱了漆黑的汁，鼓鼓的，在大红的纸面腾挪跌宕。随着姥爷手腕灵活运转，一个个规正的楷书字如跳舞一般跃到了红纸上。姥爷一边写，我一边跟着念。"天增岁月人增寿，春满人间福满门。""嗯，这是要给张爷爷的吧。"姥爷眯着眼，呵呵笑开了："是给他正月里过寿的。""妙手裁来锦绣衣，精心剪出春光好。""这是给谁家的？我猜是给场部裁缝店的。""人勤春来早，草茂牛羊壮。这个给谁家？""给后院的老张头，他家娃子多，羊也多。"自此，写春联便成了我和姥爷之间的默契。我将写好的春联，一条条认真地铺在红砖铺的地上晾。待墨迹干透，再将春联卷好用铅笔在红纸背面做记号。祖孙合作，一直要写到下午两点才休息。

求春联的人好多是从几公里之外赶来的。他们一般都会给姥爷递上烟，和姥爷聊上几句。"今年口里老家河南来人了，在场里包地哩。""明年，我家小囡要回上海读书了。""老家发大水，年前到总场寄些钱回去。"各种口音的人，谈着各自的生活。

记得上初一那年腊月的一天，我们在姥姥家院子里铲雪玩。突然，院门边的狗一阵狂吠，我们跑出院子一看，个个扭头就跑。一头巨大的骆驼立在院门外，一个哈萨克族男人正在白杨树边拴缰绳。我带头跑到屋里，一头撞到了正要出门的大舅身上。我们几个小孩躲在屋里，踩着凳子趴在窗户上往外看。那个哈萨克族男人给了大舅一个袋子，然后比画着什么。不一会儿，大舅进屋，那个人没有跟进来。大舅将一袋子干马奶子扔在桌子上，说人家要一副春联。姥爷惊诧，哈萨克族同胞为什么要春联。原来，那个哈萨克族同胞是从几十公里之外的新湖农场赶来的，他的汉族朋友托他求一副春联过年。他骑着骆驼问到了姥爷家。我们小孩子高兴坏了，打开袋子拿起奶疙瘩塞进嘴里。姥爷却直摇头，让大舅去问问人家的门有多高，希望写点啥内容。大舅苦笑："比画了半天，才知道他要干啥，再问细些，可是问不出来了。"

姥爷吩咐我准备开始写春联。我嘴里含着奶疙瘩麻利地将笔墨准备好，姥爷拿出了两大张红纸，比画着裁纸。我知道一张红纸可以裁两副春联，姥爷却裁了四副。姥爷拿出小本子瞅了一会，又看着窗台上的吊兰发了会呆，开始蘸满墨，一气写下："祖国昌盛山河秀，民族团结一家亲。"那天，姥爷写了四副春联给了哈萨克族同胞，其他三副我已经不记得写了啥，但是那个骑着骆驼的哈萨克族同胞在雪地中远去的背影却深深烙在了我的脑海中。

　　20世纪90年代末，我随父母迁回口里。到了腊月，我又成了爷爷写春联的书童。老家在长江边的小镇，学风兴盛，能舞文弄墨者居多。爷爷写春联，格外讲究。

　　农历腊月二十六，清晨早起，洗漱完毕，爷爷上街喝茶吃点心。冬阳高升，早市将要散，爷爷才背着两手慢慢踱着步子往回走。脚还没跨进堂屋门槛，就大叫我的小名，声震屋椽。按照前一日安排，我利索地将堂屋八仙桌擦干净，铺上软毡，打开笔帘，将几只大小不一的毛笔一字儿搁在笔架上。然后将一得阁的墨汁倒进砚台，又将青花笔洗盛满三分之二的清水。这时候，爷爷正端坐在高背椅子上吸烟呢。他眯着眼睛，醉心地听收音机传来的悠扬顿挫的黄梅调。

　　见我准备得差不多了，爷爷突然起身，拍拍衣裳，搓搓手，挽起右胳膊上的袖子，拉开了架势。春联的纸是要裁的，不过，这些我早已手到擒来，按照他的要求裁剪齐整，折好了。爷爷将蘸满了墨汁的大笔一提，然后在红纸上笔走龙蛇。上联飞快写好，我赶紧撤下，然后换上写下联的纸。爷爷喜写行书，讲究笔意勾连，上下贯通，所以他的招式在我看来颇有笔下千军的气势。"迟日江山丽，春风花草香。"这样的唐诗句子，经常出现在爷爷的春联上。当时，我以为是原创，自是佩服得不得了。记得有一副"腊月岁新多宝珍，震旦欢庆惊寰宇"，爷爷特地叮嘱要贴在两扇开的大门上。原来，这副春联头尾的字嵌着他和奶奶的名讳。大门上春联最讲究，等到正月初一大家拜年的时候，总要先读一读这家的春联，然后点评一番。

当然，也有来向爷爷求春联的，一般都是族中亲戚。"大先生，我家今年春联就麻烦你了。""没事，我给你打包票，写个最好的。"原来，乡里风俗，不会写春联的人家都会找同族里有学问的人，被人家求得越多越有面子。腊月里，如是有人登门，爷爷还都会问一句，家里可有春联了。要是听到"我家二伢上中学了，自己写"，爷爷难免有点失落。要是人家说，正要托大先生写呢，他就来了兴致，恨不得写好亲自送上门。我至今还记得，爷爷写春联时的情景，屋外有腊梅吐蕊散发着幽香，清冷的堂屋里有绿茶的暖香和芝麻糖的香气，当然还有墨汁在砚台上流淌着发出的墨香。

时光流转，那些腊月里写春联的香气也渐行渐远。离家求学工作后，我很少回家，也没有回新疆。爷爷和姥爷相继过世，我们家每年贴的春联也成了印刷品。可惜的是，春联内容无从选择，都是些恭喜发财之类的通俗吉利话。

铺开春联纸，匀好墨汁，找到思量许久的句子，我提神凝气，力沉手腕，开始写春联。5岁的女儿在一边好奇地看着，时不时摸摸红纸，弄弄盛墨汁的碟子，嚷嚷着也要写。

我给她一支兼毫笔，让她在一边涂鸦。看着她稚嫩的小手，有模有样地学着我拿笔的样子，顿时心里泛起阵阵暖意。但愿，写春联的传统能在孩子身上传承下去。

故乡的清明

春天来了，风暖和起来了，街头人们不再裹着厚厚的围巾，都露出了脸儿，笑着，仿佛刚从一场紧张的越冬之战中大胜归来。风雪的日子刚刚离开，路边绿化带里花儿草儿鸟儿都随着人们一起欢跃起来。每到这个时候，我的心就飞跃崇山峻岭，飞过河流湖泊，飞回到故乡那片土地。那是养育我祖辈的小镇，在长江岸边，在溪流之上，在我的血脉中。

故乡的春天有时从春节就开始了。节气早的年份，正月里，山上的杜鹃可以含苞欲放，松树枝上老绿的叶子中藏着新绿的嫩芽。等过了雨水节气，中午的气温日渐走高，雨水日盛。有时候，那场雨是随着暮色悄然降临，有时候是在晨风中飘洒。雨是上天给大地的恩赐，在春天里尤其骄矜，被春雨滋润的土地会格外肥美。农田里有了水可以翻耕，郊野有了水可以铺上新绿的毯子，街市有了水会变得清爽，大山有了水就收起硬朗的线条变得温润起来，溪水河水有了水更是欢快无比，一路唱着歌儿流向湖泊和大江。

故乡的春天，清明节气最宜人。惊蛰过了，雨水流过的土地有了生的气息。走在小镇的市场上，卖小鸡小鸭的将一个个嫩黄暖茸茸的小可爱放在纸箱里，叽叽喳喳的声音吸引着能干的主妇和好奇的孩子。野菜成了小镇人们餐桌上的佳肴，吃着春天的新鲜和狂野，肠胃也会舒坦。房前屋后的各种虫子开始蠢蠢欲动，田野里河沟里，不经意间就有不知名的虫子爬过。

"清明大似年"，这是父亲常说的一句话。既是说明故乡清明祭祀的重要，也说明了故乡清明前后的美景不容错过。在北方参加工作后，每年清明节之前，我身体里的某种因子就开始和春天一起生发。只要能请到假，我绝不会错过故乡的清明。

在故乡，踏青是一项全民性活动。20世纪90年代，旅游还未走入百姓家，可乡人却在春天必行此礼仪。爬山赏景扫墓，我们叫"做清明"。学生们只要和老师说一声"明天做清明"，就可以堂而皇之地给自己放半天假去游山玩水，老师绝不会再多问。当然，每年春天学生只能请一次假。也有淘气的，隔几天还要请假，老师不解，学生回答，家里老爹爹

（故乡将曾祖父叫老爹爹）多，做清明的地方多，还得一天。这时候，老师通常也不追究，只说一句："少壮不努力，老大徒伤悲。"大好春光不可辜负，调皮的孩子哪里能坐得住呢？至于扫墓，那是远离故乡的游子最难舍的。在万物萌动的季节，怀念祖辈创业生活的不易，拂去荒芜植下香草，然后在墓边说起自己在远方的事。细雨微明中，来自土地的力量，来自已逝亲人的祝福，让春天的意义更加鲜明。

近几年，故乡的春天格外热闹。从周边城市过来的游人渐多，他们仿佛是发现了一个世外桃源，每有假日就拖家带口来故乡的小镇。去年回家"做清明"，吃完早饭，我和父母就往山脚赶。春日暖融，一畦畦金黄的油菜花在一夜春雨后竞相绽放，好像在青山脚下泼了油彩。溪水涨上来了，淙淙流淌，穿过小镇。前几日还是薄瘦的一湾水，雨后却饱满起来，几乎撑满了河床。河底青褐色的石块和浅棕色的沙石清晰可见。

还未到山脚，便见到游人如织，呼朋唤友，一条三米宽的沿山水泥路被两溜车塞得满满的。堵车了，车上的人也不着急。路旁就是桃园和梨园。人们索性直接进了花朵满枝的园子。一阵风过，落英阵阵，花瓣入土就是花道，落入园边的引水渠就是落花流水了。因为花开得绚烂，引得蜂蝶戏舞，蝇虫鸣叫。游人在花园里摆着各种姿势拍照。田间农人经过，并不驻足，只轻轻一笑。那些果树和油菜不正是他们的杰作么？和城市里的绿化园林不同，乡间的景致随意而散漫。附于大地之上的草木都随形就势，大部分按照农人的心意种植，不刻意修饰，却自然成景。油菜属十字花科，花朵细小，可连成一片就有了气势，在阳光下金黄得晃眼。这些黄色的小花，伸展着腰肢，不管不顾地拦住了游人的去路。如果有人乱入花丛，露水会沾湿裤脚。桃树的枝桠旁逸斜出，缀满花朵的花枝正好成了游人照相的镜框。

清明怎么能没有雨？从古诗中走来的节日，落雨才有意境。晴不了几日，你就能赶上一场雨。雨来得及时，不然我都会担心这温度一路走高，夏天会提前到来。最喜欢下雨前，站在家中的露台上远眺。千万朵青云白云在天空中你追我赶，从江面轰隆隆滚过来，到了山边碰到磐石的阻挡，瞬间落入原野。菜花急匆匆收了刚撑开的花伞，桃李花期过半，大朵粉色白色的花瓣离了枝头扑入泥土。一阵急雨，才抖掉了经冬黄叶的草木在春雨中又催开了新芽，被温润淋漓的水洗得发亮。杨柳未含烟，是雨雾笼住了树冠，远望如烟。清明过后的春雨仿佛有了底气似的，一气能下好久。它们顺着鱼鳞似的青瓦，汇成千道小瀑布奔流而下。伴着春雷，灰蒙蒙的天幕里，闪电雪亮，大地之水喷洒。风吹着水，水随风转，在天地间织起密密斜斜的水帐。清明的雨，应了大地的节奏，为泉溪河湖添了动力，畅快地在疏通的水道上一路奔向浩渺的湖面。天落雨，雨成地上水系蜿蜒，滋润了刚刚长出的农作物，成就了一季丰收。

雨一直下

雨，漫无边际地扯着帘子，大山、田野、村庄、道路，在雨的世界中无奈地叹着气，只有小河异常欢快。雨，仿佛从来没有停过，朝朝暮暮，黑夜白昼。昼夜似乎没了界限，都在雨的时间轴里行进。你看，它时而暴雨如怒，时而瑟瑟绝响，时而细雨唰唰。天宇如一个巨大的灰色罩子，紧紧扣住天地间的一切，不想漏出一丝久违的蓝天，也不想流出一缕明媚的阳光。阴郁的天空，仿佛人皱紧了眉，生闷气似的，半个月也展不开。

这是我记忆中的故乡的黄梅雨。滴滴答答、淅淅沥沥、拖拖拉拉、没完没了，一下就是十天半个月。古人云："飘风不终朝，骤雨不终日。"但是梅雨期间，暴雨却可以间歇性地发作，理直气壮，毫无顾忌地在天地间织成水网。人们根据雨的大小安排着外出活动，出门就得打伞，迈步都得穿胶鞋。熟人在街上相遇，都各自抬高伞，以便看清楚对方的脸，说话的声音也比平时大了许多。到处是水，明晃晃的，水亮亮的；到处都是落水的声音，亮沙沙的，齐刷刷的。这个水的世界就有我的故乡。

故乡河湖勾连，水网密布，是长江地带的鱼米之乡。在20世纪末改革开放大潮中，故乡仍保持着千年农业传统，一年种双季水稻和一季油菜或者小麦。很多乡人过着候鸟般的生活，农闲去邻省的工厂里打工，农忙回家收种农作物。童年时代曾在故乡住过一年，那条名叫干滩的小河，给我留下了深刻印象。

干滩发源于山中，山泉水和雨水是河水的主要来源。秋冬水少，孩子们喜欢在河滩上玩耍，在那瘦成一条小河沟的水上嬉戏；春夏时节，小河水满，摸鱼捕虾是我们的最大爱好。用石头垒起小水坝，用自制小鱼网拦鱼，都是夏日趣事。有一年，黄梅雨下了很长时间。一夜之间，河上那座木质小桥被冲得只剩下几截木桩，孤零零地站在浑浊咆哮的河水中。那条平时被我们"欺负"的小河，怒气冲天，裹挟着进入河道的一切，冲向远方。发怒的小河让我印象深刻。之前那么轻柔的小河，水流潺潺，秀气地在河道里左转右挪，仿佛怕人似的。有人在河道上游挖沙子做房子，有人在河道里挖水凼以方便取水，还有人把河道当下水道倾倒垃圾和污水。小河都没说什么，只是带走污垢，送来清流。可是，河水一旦借助雨水和山洪成了势，就显出它的威风来。与大江大河比起来，干滩还是温和，它流向的湖泊和长江却是一汪大水。

雨水，是河水的重要来源。水，是江南水乡的构成元素，有了水，就有了"小桥流水人家"的意境，有了"树阴照水爱晴柔"的温情，有了"水国多愁又有情"的印象。如今，离乡多年，故乡在记忆中始终是一幅青山雾罩水蒙蒙的景象。对于故乡的一切回想，在水中都变得温润起来。冬暖夏凉的井水，挂在半山的如翡翠般的水库，流经茶园、果园和稻田的水圳，穿城镇而过的清澈小河，还有烟波浩渺的湖，以及那浩浩汤汤的长江，这些水构成了我梦中的江南水乡。水，还是鱼米之乡不可或缺的要素，但是梅雨，在乡人心中留下了刻骨铭心的记忆。故乡流传的谚语有"禾田易做，五月难过"。仅梅雨期间，故乡就出现了很多雨节。比如农历五月十三是关刀会，那天必要下雨，因为关羽磨刀需要水；农历五月十八大潮，那天必下大暴雨；农历五月二十三是蛞蝼蛄节，也得落雨；农历五月二十八是老乌龟过生日，必有雨。这些对梅雨的总结，几乎都与农事和节气有关。

因为有好雨，故乡才成为江南水乡，可是就现在的水文记载和乡人的记忆，人与水的博弈从未停止。大涝和特大洪涝灾害在故乡的历史上常有发生。20世纪初到新中国成立前，发生水灾14年次，平均3年1次，其中大灾9年1次。

水文志上有记载，县城边的一个镇至今保存着一块清代乾隆年间的水文碑。从右至左分别刻有"潮水"和"至此"字样。水文专家在一本私人编撰的大事记中找到了一条记录："公元1764年（乾隆二十九年），邑中大水，镇中行舟。"想象那一年，人们在集镇街道划船出行，和我这几天在手机上看到的乡人划舟在街道中穿行的图片何其相似。据当地人回忆，只有1954年的大水淹到了这块碑。

1954年，父亲记忆深刻。那一年，黄梅雨下破了天，父亲出生刚一个月就被放在笭筐里，被舅爷挑着和奶奶一起逃上了山。有文字记载，那一年春夏，县域内江堤、圩堤几乎全部漫破，受淹耕地42.39万亩，倒房14.55万间。数字背后是人们混在雨水中的血和泪。父亲后来在故乡做屋，将地基深挖1.5米，全部垒上青石条，屋子台基又垒得高出地面将近一米，全部填以砂石，为的就是防止发大水的时候洪水进屋。而进入我的记忆的有1991年和1998年两次长江流域的洪水。通过电视新闻，水灾牵动了很多人的心。

"现在水利好，不像过去旱涝愁死人。"我的一个远亲坚持在故乡包田种地，他对故乡的水利很有信心。新中国成立后，故乡就修了大大小小的圩，那都是乡人在冬季农闲水小的时候，一筐土一筐土挑出来的堤坝，为的是管住水，保圩田。长江大堤更是水利建设重点工程，经过几十年经营，如今江坝堤上能跑小汽车。可是，到20世纪80年代后期，种田的人还是走了。年轻一代后生走到城市，就再也不愿回乡种地。因为种地太辛苦，还要看天，风险大。土地可以流转，乡人动了心思，现在质量好的大米多贵呀！只要不是雨水特别多的年份，大面积种田还是利润可观的。近几年，大圩里水稻田一到黄梅时候，又是碧波万顷、绿意盈盈。长江水在江坝堤里缓缓向东流，大河小河的水流到湖里存蓄着，以备干旱季节使用。爷爷和父亲们一筐筐挑出的圩堤锁住了水。前人栽树后人乘凉，前人修坝后人好种田。

今年，雨一直下，没了头的雨，又在故乡肆虐了一回。千万滴水重重汇集到了故乡上空，以雷霆万钧之势攻击了人们的生活空间，在大地上横冲直撞，来不及流进小河就淹没了道路，来不及亮出闪亮的皮鞭就着急忙慌地倒到地上。雨声中，我仿佛能听到雨中人们的一声声哀叹，哀叹雨水已经将刚刚做好的房子、刚刚耙过的稻田、刚刚种下的菜苗，都浸泡在了一盆浑浊的黄泥汤里。我多么希望有一双神的手，拨开故乡上空青色的雨云。

田园之秋

田园，到了秋天，才是最美好和富足的时刻。

当秋天的红叶子在大地上自北向南渐次出现的时候，长江北岸我的故乡那田园秋色却还未完全浸染山林。草木依然保持着夏季的丰茂之形，是以，山形依旧，树木依旧，村庄依旧。细看中，这山水田园的色彩于细微中开始发生变化。它不同于春之水染白宣、墨分五彩，不同于夏之云雨蒸腾、变化多形，秋的气息首先通过色彩传达出来。绿是老绿，黄是苍黄，青山在云霭晴岚中多了几分深沉凝重。

江南的秋天，雨水依旧是主题。风裹挟着清凉的水滴飘过田野。千年文风带来的秋之落寞与寒凉，终归不适合江南。朔北的秋风带来的肃杀之气，掠过西北，行过华北，到了温润的江南，只剩一丝儿凉气，仅够给曾经热烈生长的土地降

温。那丝丝缕缕的凉气遇着暖和地气，化身为秋雨，飘飘洒洒进入田野，到山间又变化成白纱似的轻衣罩在山巅。一阵风过，白纱消散，青山如乡间长者露出温和庄重的容颜。

终究，抵挡不过季节变换，雨水一场场地，将田野山峦的妆容洗去，再一层层剥去田园的浓密枝蔓。秋日的雨，有一副冷面，负责将遮挡果实的叶子打落枝头，将遮挡山峦的云雾撇开抹净，将田园稍加收拾以供农人收获一岁的辛劳。农人却不领情，清晨站在自家门口一看天，便叹一口气："做天阴，什么时候才能出个好日头。"田野里青中泛黄的稻子正等着几个热辣的日头给它们披上金黄的盔甲，山上的板栗树等着阳光为毛刺外衣里的果实增加糖分，土地里的红薯等着干燥空气。雨水再来，就是捣乱了。

还好，雨水在夏日出了风头，遇着秋风，还是收敛了疯狂。雨水少了，山间的清泉明显瘦了。泉水是先知，从秋风中第一片叶子落下，它便显出了秋的体态。奔跑了一季，山泉从春之生发到夏之潮涌，累了似的，如今只剩得一条清冽的细流。田园之水是配合着时序的节奏的，起初是湿润了春之原野，随后是涨满了夏之禾田，最后就是在大地丰收的时候，主动收窄腰身，为收获让路。只是，山间清流之响声格外大，响彻山林。

回到故土，是最能让人安静的。曾经养育游子的田园，这时候又以一种静默的姿态，等着他归来。漫步田园山林间，最易让人懂得天人之际，自然之理。所谓山高月小，水落石出。月是上弦月，夕阳才落，银钩即出，深林幽暗，群鸟鸣归。最爱清泉石上流，松林太密，些许月光只浮在树梢。泉水微凉，是带着山的温度，报告着季节的顺序。泉水奔突，合着山的形状，左跳右旋，时而舒缓如镜，时而急似流星，时而慵懒徜徉于石畔，时而翻滚跌宕腾挪。水声是山的声音，是肃穆庄严的山的一丝灵气，亦是田园的血脉。进入田地的水，便顺着农人的心意，在茶园间分叉，在稻田间回荡。

果实一天天将叶子赶回树根身边，这个季节，丰满甜美才是田园的主流。秋日田园的模样，是一年之中最饱满的时刻。

不是么？看那房前屋后的柿子树，落叶殆尽，突兀的枝桠在天空犹如钢笔画，唯有果子在枝头青黄参半。就连四季常青的香樟树也结出了小而圆的绿果子，珍珠似的，藏在叶间枝缝，散发着独特的悠悠之气。猛然，一股子香甜直闯入人的心肺，那定是谁家门口的桂花树散发的幽香。自中秋之后，桂树的叶子就绿意渐深，慢慢地，细细密密的金色小花开满，在绿叶的衬托间显得娇怯而腼腆。微小鼓胀的花瓣，零星难见的花蕊，一簇簇地绽放出沁人的芬芳，香飘云天。然而，这些全是点缀，是秋日田园的首饰，真正撩动心弦、动人心魄的是稻田。当一根根如戟如箭的稻叶戳向天空的时候，当青青稻叶开始泛黄的时候，棵棵稻穗悄悄低下了头。金黄的稻谷左右前后围在尚是青绿的稻梗上，然后将柔软的稻梗压弯了，像是在向大地致礼，向农人致敬。

太阳一落，秋的凉意立刻升起来。萤火虫只见三两只，打着小小的绿灯笼飘到路上，隐没草丛。那知秋的鸟儿也开始整理衣装，准备过冬的行头。秋虫的声音会突然猛响，想是一季殆尽，有了寒音。一日寒似一日的夜，让它们焦躁。河湖之中，鱼虾肥美，吃够了稻花和稻谷的鱼虾，成为田园给予农人最好的馈赠。一对白鹭鸟在远处的稻田里静静立着，稍有人近，便倏忽飞走，留下人们的惊叹。蚱蜢是最常见不过的，它们的身体开始由青转黄，灰色透明的翅膀拍打着"札札"叫着，四处寻找着合适产卵的地方，完成生命的延续，然后将身体献给田园以养育下一代。

家乡友人感叹，故乡之秋还是不如春天来得让人欢愉。想是他人到中年，已如这田园之秋一般，即将萧瑟了，那些曾经的青春仿佛随着秋风飘摇而去。但是，夜幕中，一种温暖的充实感飘荡在田园，那是经历一季风雨晴冷之后才有的饱满充盈。一方稻子，一畦蔬菜，一株果树，无不在展示着自然的慷慨馈赠。

故乡祭祖

过年，吾乡祭祖最重要。

家乡在长江下游皖江北岸，慎终追远祭祖之风颇盛。

农历腊月里，家家户户备年货，是春节前的一场集体狂欢。但是，中华大地地域辽阔，南北西东有地理位置的差异，江河湖海高山大川，人们生活环境不同，于是各地年俗也颇不相同。比如祭祖，吾乡就和别处不一样。

家乡农历腊月二十四过小年，各家的中堂上就贴起了历代祖宗神位，堂屋的条几上也摆上了祭品。祭品通常是三碗菜、三碗米饭和三杯酒以及三双筷子。因是鱼米之乡，三碗菜中间一碗必是整条的鱼，且因要摆在碗里，鱼不能太大，半斤左右就行。米饭得是当天煮熟的。酒，可以随意，无论优劣。祭品就位，家门口烧黄纸，放小鞭。一阵"噼噼啪啪"

之后，青烟阵阵，黄纸烧成青色蝴蝶随风飞舞。家中成员依次在堂屋神位前叩拜。嘴中念道："老祖宗，回家过年啦！"是为请祖。

北方很多地方，不在家祭祖，而正月初一上午带着祭品去野外给故去亲人上坟，叫"墓祭"。父亲知道这种祭祖方式后说，还是我们好，请祖宗回家来过年。小时候，我一度认为，死去的亲人真的会回来，磕完头总是忍不住偷偷观察，条几上的那些饭菜他们是不是真的动过。菜第二天是要撤下来的，但是不能吃，要留到除夕晚上再次使用。酒不用动，一直留在神位前。有一年，我突然发现那小酒杯里的酒几天不见，好像少了一些。堂兄神秘兮兮地对我说："那是老祖宗喝的。"我当时是深深相信了，那年过年期间不敢造次，更不敢说老祖宗的坏话，生怕他们托梦给父母告状。

到了除夕，祭祖气氛更加热烈。除夕的年夜饭烧好了，一大桌子的菜，平时母亲不会做的肉丸子、鱼丸子、山粉圆子等，此时都成为一道道美味摆在那里。可是，没给老祖宗磕头，我们绝不能先享受美味。还是过小年请祖的那一套，原原本本做一遍。只是除夕夜里，没有回来的家人都归家了，磕头的队儿更长了，也更热闹了。一个个如捣蒜一般，大声说着心愿，求财求子求保佑，希望祖宗赐福"罩着"自己。除夕当天下午，小镇上短促的鞭炮声不断，烧黄纸的气味和鞭炮的硝烟味常常会乘着风和雨，钻入人们鼻中。如果说，我记忆中的年味是什么，应该就是这种气味。吾乡祭祖，不烧香，人们认为烧香那是拜佛祖用的，和祭祖不是一回事。

在微信朋友圈里见过北方友人春节祭祖的供桌，上面真是五花八门、色彩丰富。有羊的供羊肉，有猪的供猪头，有的是五碗菜、五色点心、五碗饭，有的供枣糕或者各种大馒头。还有香炉，那是用来烧香的。祭祖的时候也是热闹，一个家族一起祭祀，磕头的跪成好几排。当然，都是家中男丁。农业社会祭祖，女性是不能沾边的。

和北方的豪气比起来，吾乡祭祖比较私密一些，一般以小家庭为单位。记得奶奶去世那年，我家和大伯家都祭祖。我还问父亲，奶奶会去谁家过年。父亲回答，每家都去，老祖宗过年可以串门。我赶紧磕头，心中默念："保佑我新年考上大学啊！"

既然把祖宗接回家过年了，那么就不能怠慢。请祖的仪式在除夕被复制，同样，初一、初三、初五、初七、十一、十三都要复制一遍。有一年，我们玩闹串门，正月十一竟然忘了祭祖，等到想起来的时候，已经到了正月十五。父亲说，没事，没事，和老祖宗说声对不起，他们会原谅的。想来，自家人不会怪罪。如此这般，直到农历正月十五，再复制一遍请祖的仪式。

　　不过，不要以为正月十五晚上就可以送走祖宗了。正月十六一大早，我们同样会在鞭炮声中醒来，就像正月初一早上的开门炮一般，炮声隆隆。十六早上的鞭炮声比较短促，那是送祖的声音。此时堂屋的条几上，酒菜饭都撤了，摆上的是三碗白胖的糯米汤圆。母亲善于制作汤圆，做的不是那种超市卖的速冻的、可以一口一个的小汤圆，而是有小孩拳头大小的汤圆，一个碗里只盛一个。吃一个就能饱，吃两个就能撑，若是吃三个，一天都不用吃饭。从腊月二十四就被天天上供的三碗菜，此时才算完成使命，被儿孙们吃掉。因为天天都要加热，整条鱼快没了形，吃起来肉如齑沫，骨头都软掉了。现在想来，那条鱼足足放了20多天，能不坏掉就不错了，根本谈不上营养。可是在温饱不足的年代，它会成为人们的美食。

　　小时候，过年祭祖都是学着父亲的样子，一套程序下来，仪式感十足，觉得好玩，祈求的无非是孩童们的小心愿小私心。等到奶奶爷爷去世后，祭祖时想到可以将他们接回家过年，心中温暖。磕头时会想，他们如果还在，看到孙辈都养儿育女，家人生活得越来越好，该有多高兴。有一段时间，我和父母在北京过年，没有祭祖，年俗中就剩下了火红的春联窗花和看春晚。我问父亲，不接老祖宗回家过年，他们会不会生气。父亲回答，他们知道我们在外，会去你大伯家过年，老祖宗不会怪自己的儿孙。

　　不管是战争动荡年代，还是物质极其匮乏的岁月，祖先们都在那块土地上生活。我们，就是他们留下的杰作，是他们生活过的证明。冯友兰说，行祭礼并不是因为鬼神真正存在，只是祭祖先的人出于孝敬祖先的感情，所以礼的意义是诗的，不是宗教的。将祖先养育的恩情寄托到祭祖的礼仪中，代代相传，我们也在祭祖的过程中得到情感的慰藉。在物质生活丰富的今天，这种源自家庭的情感回归，已渐渐成为吾乡祭祖的意义所在。

第四辑

四时的光阴

时间，规划着大地之上的一切事物。

它公平正直地对待我们，不偏不倚，不多不少。

二十四节气，提醒着我，我的过去曾经生活在这片深情的土地，我的未来亦将生活在这里。

春日

时间，规划着大地之上的一切事物。它公平正直地对待我们，不偏不倚，不多不少。一年有四个季节，每个季节六个节气。二十四个不同寻常的日子，二十个网格的节点，二十四帧生动的小品，我将它们一一记录。

二十四节气，提醒着我，我的过去曾经生活在这片深情的土地，我的未来亦将生活在这里。

立春

立春，开启了一个季节的浪漫旅程。

始建，开始建设是原始的人类对自身的信任。自然的风雨雷雪，季候变换自有规律可循，自有行走路线。长江黄河边的人，看大河东流，观星辰列张，察四季轮回。每一次日升月落都成为节气刻度上的标签。每一种动植物的微小变化都为人类所用，成为指导自己生活的参照。

春，首先是那千里冰封的大河开始隆隆作响，厚冰之下、清流之上，第一道裂纹开启春的先声。风，是春的使者。风，在中国神话里是一位忠厚的长者——风伯。他是一位成年男子，有忠诚可靠的品质。在寒冷封锁大地的时候，他便抛出一丝温暖的气息，年年岁岁，忠而有信。太阳黄经度数到315度，这是春的刻度。

人，用好奇的眼，还在打量初始的自然的时候，虫子鱼儿却了然于胸。鱼儿听到了冰裂之声么？虫子发现了冻土之下开始蠢蠢欲动的草芽么？这些自然的秘密，我们不知道，它们知道。大自然就是这样神奇。自称万物之灵的我们，掌握自然秘密的法宝，却是通过自然界中多姿多彩的植物，通过那些拥有各种奇妙本领的动物。

春，在远古时代就被赋予丰富的含义。甲骨文的春字已不可考。被凿刻在祭祀礼器上的春字，活灵活现地表达出人们对春的理解。小草钻出厚重的土地，太阳从东边的地平线升出。

两千多年过去了，汉字的"春"字，依然能看出当初造字时的意蕴。于是，有了"春风吹又生"的小草，做了春的预报。当山河草木葱茏，青草铺满山坡的时候，春作为一季之始，就真的来了。

雨水

我在北方干燥寒冷的风中，等待南方的一滴水。那大朵大朵的青云，含着满满的雨水，为冬日干燥的土地提供润泽。这水不从地下来，不从风中来，不从自来水管中来，却从我的记忆中来，从我的心上来。

雨，是天落水，又是无根之水。你不知道它来自哪一条溪流小河，哪一个湖泊海洋，它在太阳的邀请下就兀自升到了天空。然后，呼朋唤友结成美丽的云彩，在天宇下自由奔跑。它看到了大地上的风景如同美丽的花纹，看到苍黄的高山坚硬挺拔，看到河流蜿蜒如血脉，看到了生命的无上之景。小水滴们看够了，就挤在一起，缀结在一起。终于，土地升腾的热情再也托不住她们。

于是，一场清朗的雨来了。

春日温暖的气息，让越来越多的小水滴开始了快乐之旅。冲破严冬冰封的水，在天地间扯起了雨幕。唰、唰唰、唰唰唰，草木，房屋，静悄悄，在雨的花洒下安静地接受洗礼。这水，滋润了草木，润泽了土地，让生命在一季轮回中恣意

的工作小结，一切的开始动作，都是大自然机器上一个安之若素的零件，也是人类社会或踟蹰而行或滚滚向前的一个推动力。

从现在开始。北半球的人儿呀，享受太阳的照拂吧！那被太阳拉长的时间会给你充裕的理由努力工作，那自然界日渐丰盛的动植物是你的同伴。

珍惜春分后的时光就是珍惜你有限的生命，因为生命的长度取决于你自己的规划和努力。

清明

清明，即清且明。

清的是和风朗日，皮肤和空气的触感恰恰好；明的是万物生长，不疾不徐，不温不火。

清明在三晋大地，是熄灭人间烟火，冷食以待火种重续；清明在江南，是油菜黄，是桃花雨，是杨柳风，是一种追思既往的怀念。冬日是藏，到了春日就得外出沐春光，享雨露。是以，清明时节细雨纷纷，人们却要在梨花如雨中出城游玩。踏青，踏的是青草，喜的是爱好天真的心。

清明还是慎终追远的节日，节日要有仪式。

今年清明，收到南方朋友寄来的青团。虽然没能回家，

却将家乡的春天咬在了嘴里。甜软的口感，是记忆中母亲赐予的味觉。鼠曲草的绿，是春天的颜色。甜糯的豆沙，足以消弭乡愁和当下生活的无奈。

清明时节，最喜欢在故乡老屋喝茶，听房前屋后人们在巷子中急匆匆的脚步声。左邻右舍呼朋唤友，寻亲戚，找本家，相约一起"做清明"。绿意将浓、花草清香的时候，到祖先墓前祭祀，便顺应了生生不息的自然规律。

逝去的，我们思念；未来的，即将要到来。

谷雨

山间惊雷，天上落水，花儿脱掉红的、白的、粉的、金的裙裳。江水饱满，雨雾才开，这一切即将迎来一场水的洗礼。谷子要下雨，农人为之疯狂。谷子要下雨，城市里从未躬耕的人不会理解。谷雨，不就是天要下雨么？

城市里不会有谷雨，水泥的森林，根根耸立的毫无生气的建筑，不是有生长力的植物。然而，钢筋水泥灰色的旁边，总会有人工栽种的花草灌木的绿色。它们是城市里节气的信号员。它们不管不顾，只要有阳光、水和土壤，它们就会和着季节的节奏，狂舞春的快意。这些植物，常常是一夜生长，一天就能收获，突破了某一阶段的生长局限，创造了另一种快意的人为的规律。它们不需要谷雨，它们有人工喷灌。它们也用不着有童年、少年，它们甫一登台亮相，就是青春花季和少壮常青。

人们寻不到植物的坐标，可能会仓皇无着。谷雨时节啊，你得走到田野中去。去看大地往复，千年以始；去看旷野平川，被画成神奇。

这时候，沧海桑田，唯有一人，在美丽温润的时节，憧憬谷落如雨。

夏时

立夏

夏季，是万物生长，是阳光、温度和水滋养动植物快速生长的季节。大自然界此时华美异常，每一种植物，每一个动物，都如离弦之箭，奔向生命的高点。

北京的春天特别短，有人戏称是冬天和夏天谋划着，"干掉了"春天。就像北京地铁里的时刻表，只分为高峰和闲时一样。地铁里没有四季，但是四季装在人心里。秋冬时节，万物萧瑟，挤在地铁里，从人的心理感受上来说，还是可以接受的。但是到了夏天，坐地铁的人，挤挤挨挨，贴背靠胸，脚尖踩着脚背，那就是一种折磨了。温度相同，拥挤度一样，人的感觉可以完全不同。

　　大都市的成功机会吸引着成千上万的人来追寻，勤奋工作和创造未来，让年轻人在这里挥汗如雨。一天工作下来，湿热的地铁车厢里，你身旁的肉体会高效分泌出气味十足的汗液。气味，每个人都不同。早高峰时段还好，一般人都会清爽干净出门。到了夏季的晚高峰时段，地铁里各路气味高歌猛进，在密不透风的人堆里相互厮杀一番。强大的臭汗打败了傲娇的香水，直接钻进了乘客的鼻子。还好，车厢顶部换气扇吹出的新风，驱散冲淡了浊气。

　　如果你在初夏晚高峰的地铁里，你可以选择嗅觉消失！

　　嗅觉可以闭息，触觉呢？薄薄的夏衣，在人人被动相触的车厢里就是导火索。女生极度厌恶夏天地铁里的拥挤，男士也是不堪忍受。不止一位男士对我说过，他们最怕在盛夏挤地铁。当然，忍受过这段时间，强大的地铁空调会让你尝尝烈日炎炎里瞬间的冰冻的感觉。不一会，你就能感受开水进冰柜的滋味，外寒内热，苦不堪言。

　　夏，冰火两重天，也许，这就是大城市的真实面目。

小满

2017年5月21日4时30分53秒，小满。

前几天，暑气逼人，今日却很好。

满，《说文解字》里解释为"盈溢也"。盈，解释为"满器也"，意为"连续盛水直到溢出为止"。溢，解释为"器满也"。不管是水倒满，还是溢出容器，满都是一个让人喜欢的词语。

满，充实，到达，成功，骄傲。经过不懈努力成功的人看到这个字，志得意满，会产生出饱满的情感。是啊，该做的都做了，想得到的都如愿了，这是多好的感觉。农人劳作，收获丰硕果实。孩子们考出了理想的成绩，拿到心仪的学校录取通知。求婚成功，和所爱的人喜结良缘。那种满满的感觉，带来的是欣喜，这该是怎样一种丰足的状态。

不过，在中国人的生命哲学里，满，却不是最佳状态。

水满则溢，月盈则亏。太圆满反而会走向衰败。就像数学里的抛物线，到达最高点，然后就开始下落到起点的高度。求神问卜的时候，抽得上上签，本应高兴，但是解签的人会说，好的签是中上签，而不是上上。为何？否极泰来，"泰"的顶端也是走向"否"的开始。由此，我们被告诉要谦虚，不要骄傲，不要那么满。因为"满招损，谦受益"。谦虚内敛的人格，是完美人格。那种骄傲，那种得意，很可能就会演变成自满、忘形。君子当"不以物喜，不以己悲"，中庸而自洽。人们都在追求满，可是满了又不好，于是要小满。

小满，是什么状态？就是离满还有一截距离，正朝着满的路上前进，成功指日可待。就像，一个悠长假期的前一天，虽然紧张忙碌，但是心里满满的都是假期轻松自在的希望。是一个跑过马拉松的人，经历了欲生欲死、水火两重天的境界，然后看到了最后一段平坦的冲刺跑道。

小满，也可以理解为，一个大目标下，取得了一个阶段的成功，所以，小小满足一下。这种人生的小确幸，比大欢大喜来得细水长流，来得真实可信，来得让人安心安稳。

此刻，室外暑气渐盛，月季开得正盛，有的却也开得差不多了，落了一地花瓣。石榴花开得正好，火一样，星星点点藏在绿叶间。据说，这时候，南方的稻子开始灌浆，北方的麦子即将变得金黄，这是收获的前奏。

芒种

和谷雨一样，芒种是一个标准的昭示农事节点的节气。

节气不仅是风花雪月，还是非常具有实用意义的农事时间。不过，这个标准是以黄河流域华北平原农业生产时间为基准的。中华文明的发祥地，黄河冲积平原的谷黍作物耕作时间节点上，芒类作物成熟收割的时间到了。于是，芒种节气出现了。

我生活过的新疆生产建设兵团和长江中下游流域地区，

粮食收割是在7月，与芒种节气对应的忙着收获和播种的农事节点有些不符。所以，我一直对芒种节气并不敏感。彼时，新疆的麦地还未有谷香诱人，南方的水稻田里，稻谷正青，正在灌浆。

端午，乘高铁回家。火车驶出北京，一路向南，车窗外是华北平原大片金黄的麦田和被麦田包围的村庄。有小型收割机在麦田里，像一把剃头的推子，将金色麦穗一行行、一片片割下。一种安心满足的感觉从记忆深处潜出，给我熨帖的感觉。想起一句话："手中有粮，心中不慌。"又想起史册里记载的发生在这片土地上的大饥荒，冰冷数字背后应该是惨绝人寰的人间炼狱。四个小时，平均时速300公里的高铁，奔跑在金色的大地上，到处是沉甸甸的麦穗。粮袋子满了，心里才有底气。仓廪实然后知礼节。

想起小时候外婆用新麦蒸出的白面馒头。厨房小屋里水汽弥漫，竹蒸笼揭开的瞬间，白胖的大馒头遇着凉气，一个个慢慢裂开了大嘴，冲着我笑。鼻腔里充满了新麦的清香，一阵醉酒般的眩晕。用手指头摁馒头，摁一下，馒头迅速回弹。新面馒头入口有嚼劲，越嚼越香甜。吃不完，就吊在屋檐下让戈壁吹来的烈风风干它，成为酥脆的馒头块。

忘了从什么时候开始，再也吃不到新面馒头了。馒头都是超市里做好的，是食堂里用塑料袋包装好的，冷的，硬的，没有生气的。也忘记了，还有芒种这样一个让人不由自主心生欢喜的节气——大地在充实欢愉中饱满丰美。

小暑

小暑，时间已经慢下来。

早上5点左右，太阳出来，白而热的光就预示着即将要把世界带进一个大烤箱。不得不出门的人们踏着小碎步快速移动，珍惜这偷来的片刻的晨的清凉。可是，汗水已经开始不知不觉间渗出头皮。有老人出来散步，听着年复一年的广播和每天都在变化的国际新闻。他们是小区里不变的风景。一早一晚，占据小区人群主流，分享小区里生活的实用窍门，传播自己一生经验总结。世界变了，世界很热，广播里的播音却永远字正腔圆。夏日清晨的生活小区，繁忙有序。

小暑，暑气未有大盛。一般带"小"字的节气，都给人稚嫩未熟的感觉，同时也是有生长力旺盛的意味。小满未满，正是快速向上的阶段；小雪未大，小寒还是不太寒，都是走向鼎盛的状态。"小"字可以理解为量词，也可以理解为一种预示和警醒。尤其是小雪和小寒，警示人们添衣加被、御寒保暖。小暑呢？也就是还不够热，后面有大大的热等着呢。

小区里月季花又开了，正在接受水管里喷洒的丝丝清凉。

夏季是绿色涌动的季节，花儿只是点缀，不似春季繁花如锦引人追捧。绿树，小草，静悄悄的，没有一点儿风。树叶子像是被罚站的孩子，一动不动。柳树上的一只蝉发出了一声鸣叫，另一只蝉没头没脑地跟着大叫，开始给热情的温度增加作料。不过，这二重唱开始一阵子就熄火了，原来，太阳的热情还没那么高。真正的大合唱要等到一天中温度最高的时候，那样才够味儿。垃圾车已经准备好了，准备带着小区昨日的垃圾直奔垃圾场。车驶过，留下一阵腐败的气息。不过，很快，这气息就散了，取而代之的是一团团热滚滚的浪潮。

清晨太短，太阳已经升上了半空，晚起的人揉揉惺忪的眼，再次打开空调的按钮，每家每户轰鸣的空调声传来。一个漫长的昏昏欲睡的暑天开始了！

大暑

烈日，干热，潮湿，黏腻，溽热，大暑时节的城市乡村都在一口大锅之下，先烤，后蒸，再烤，再蒸。人如大地之上一个个行走的肉串，汗水出来就是盐。

烧烤模式下，太阳刺眼，天空蓝得让人着慌着忙，马路亮得让人睁不开眼。这是城市绿化带最符合规划者意图的时

节，所有的绿植都膨胀到了极致。可是，绿植都一动不动，全靠脚边一节一节黑色的水管滴出的凉水解暑。这水，慢慢渗透到土壤下面，植被的根部就插进了一抔凉丝丝的土中。人没有植物这么深的脚，更穿不透硬硬的水泥路面，只好在路上一通小跑，要么躲进凉气十足的楼宇，要么躲到大树绿绿的伞盖下面。太阳炙烤大地，也炙烤人的皮肤，那如小针刺一般灼烧的感觉，疯狂地追着人们。

都市的女子最是怕晒，各种防晒奇招频出。帽子、披巾、墨镜、遮阳伞，蓝天烈日下，街上的花伞和披巾像是在白晃晃日光下移动的花朵。这时，有车驶过，像一团喷火的怪物，人们避之唯恐不及。路边更有建筑物外墙立着的空调喷涌出的热浪，催人疾走。疾走还好，可是一停下来，汗水就出来了。人停，汗出。脱水食品应该都有这样的经历，干热的空气榨取属于你身体的水，你只有不停地补充水。水，喝下去，马上又从皮肤溜出来，仿佛没有在你的身体里停留过。但是，流到嘴边你舔一舔，那是盐的味道。

比炙烤更让人难以忍受的，是夏日蒸桑拿。桑拿天的正午，出门走走是件痛苦的事。堆满云朵的天，白白的，亮得刺眼，如蒸笼里的水蒸气。桑拿天，所见之处，似乎都是水汽汪汪的。灰白的路，灰白的绿树，灰白的建筑，灰白的人，人在灰白的水汽中梦游一般。

　　人们期盼一场雨，可水就藏在云里，不下来。好像故意和人僵着，和人置气，和人斗法。太阳依旧强劲，河流湖泊里的水待不住了，一颗颗水分子脱离而出，升上云端。终于，傍晚的时候，一棵闪着蓝紫色光的大树，从青云里跳出来，轰轰然插向大地。雷雨前，风是信使，带来久违的凉意，然后是一片片珠子一般的大雨点狠狠砸在地上，在灰白的水泥上留下时髦的波点。最后，雨珠连成一线，风随意改变着方向。天和地被水连通了。

　　汗水，是桑拿天的产物。即使你一动不动坐在那里，水珠子也能从你的额头、腋下、背脊渗出，然后顺着皮肤肌理，凝结成汗流。如需体验，你可以尽量避免不动，然后让汗如雨下，让汗流奔腾，让汗水淋漓。

　　自有了空调以后，桑拿天就不是个事儿了。空调一开，既凉且爽。我想，这个爽字完全来自空调的除湿功能。毕竟，没人想在蒸笼里待着。

秋意

立秋

携着雨，吹着风，成都双流机场的清晨在青云之下呈现出一种慵懒气象。像一个肤白貌美的玲珑美女，打着呵欠挠挠头发，睁开秀目，瞄你一眼，扯着长长的川调子说："哦！今个醒早喽！"

立秋，从海拔500米的四川成都一脚踏进海拔2900米的西藏林芝。晴天烈日的，凉爽的风让人顿感秋之气息。天蓝得深邃，如秋之眼；云白得纯粹，如秋之裳。绿树厚厚地铺在连绵的高山上，尼洋河水急匆匆去赴雅鲁藏布江的约会。

绿树间的村庄呈现金黄色，那是收割后的土地，牛羊马儿在这金色的地毯上悠然觅食。秋，《说文》里的解释是"禾谷熟也"。"其时万物皆老，而莫贵于禾谷。"最喜看秋字的大篆，左边一个禾谷垂下头，好像沉甸甸的谷穗向大地致礼。

林芝的夏天美好而短暂，雨儿如影随形。中午下了太阳雨，傍晚，时不时来几滴。最有意境的是夜里，雨点打在房间外铁皮棚子顶，格外沉响。忽然想到"而今听雨僧庐下，鬓已星星也。悲欢离合总无情，一任阶前点滴到天明"。我不在僧庐，鬓也未白，更没有那悲欢离合的感伤，但一夜点滴到天明想是有的。

今夜，立秋之夜，我在西藏的江南，遥响故乡江南秋雨打青瓦的夜，在灯下曾读过一首美丽的诗。

处暑

立秋之后，还有一个带有暑字的节气，可见夏之威力。不过，再热浪翻滚，也抵不过秋雨寒凉。所以，有处暑，"处，去也，暑气至此而止矣"。

这个处暑，北京一夜大雨。几日来聚集的燠热，阴云，暗沉，憋闷，都在一场时大时小的夜雨中洗刷掉了。灰色黏腻的天空和灰雾蒙蒙的空气被雨水擦干净。早晨，青云堆积，蓝天乍现，湿漉漉的世界，欣喜地等着早起上班的人。

总算到了处暑，夏天该走了吧！

说到处暑，心中一种紧绷的感觉都会放松。热，流汗；热，无法安眠；热，无处躲藏。处暑了，该凉快了吧！身体的客观感受，引发了神经系统的反应。犹如站在人生的转折点上，这种放松感，实际上是成了惯性。前半生，青春，蓬勃，张扬，恣肆，是春日的旺盛和夏日的热烈。盼望凉爽的秋风秋雨，青春的热度需要冷却才不至于血脉偾张。如今，听到这个名词，都还有一种放松的惯性吧。只是，回首过往的横冲直撞、无所畏惧的生命，这放松之中已然隐含了一丝弱弱地叹息，有"而今识尽愁滋味"的意味，有怕"秋风秋雨愁煞人"的担心，也许，还有一丝对沉甸甸的秋景的期待。

白露

其实，秋风早就到了。

燕山一带秋天到得早，江南或许还是荷花过人头，暑热难收场，燕山山脉就亮出了清晰的山脊。

秋风吹散了夏天的水雾，本就环着北京的山现出了原型，给人朗阔辽远之感。可惜北京城的一座座桥下几乎没有水，不然那山高水长之处，露水晶莹闪亮，又不知会让多少人怅然若失。几千年"蒹葭苍苍，白露为霜"的诗意，早就沁入你我心田。只是，这"所谓伊人，在水一方"的情韵已经距

离我们太远了。

秋水无着，而天，在一夜之间就和拥挤的城市拉开了距离。白云匀匀地抹在蓝天，秋风的动静却是越来越大。北京一年最好的时候就要来了。钻出地铁，走下公交的人们，匆忙中不忘看一眼这秋之高天，云之自在，阳光之暖烈。就连开车的人，遇到拥堵路况看一眼蓝天白云，焦躁的情绪也能被秋风吹得没了影儿。

城市的温度不由人控制，楼宇间精确的控温系统会让人在恒温中感受不到四季。各种机器散发出的热能，高密度人群集聚的热量都需要强大的降温系统。经历夏季的湿热蒸腾，城市在迅速发酵中喘息，这一刻，秋风来了。地球只是换了个角度，就给城市里如芯片上极性点一般的人，带来了福音。城市降温了，且是在自然的冷风系统中驱散了燥热。

昨夜月半，秋风稍歇，楼下秋虫高歌不已。再读一遍《豳风·七月》，想了想2500多年前的秋风秋月、草木虫鸣，想了想那个时代的生活和劳作。看得出，祖先们对待自然更亲切，也许他们还没有将人类和自然对立，还是将自己的生产生活赋予一种天然的职能。楼下，忙了一天的大人和孩子，在散步游戏聊天，这难得的秋夜美了人们的生活，亦如2500年前诗人吟咏的那个秋夜。

秋分

光追逐着黑暗，白色的马，击退暗流。夜，挣脱光的束缚，在无边的旷野里飞。白昼黑夜在这一天平衡。这是秋分，是那个和春分相对的日子。

在那白云之上，还是白云，光就在白云之上。它穿越时空而来，光之剑刺透云，热烈地拥抱地球。

不能太近，亦不能太远，恰到好处，不急不缓，这个距离产生了彼此。一个美妙的斜角，让光在优美的弧线上踱步，光阴就开始书写传奇。

在白马腾空的日子，我们飞翔，我们膨胀，我们让饱满不能再饱满。在暗夜沉息的时候，我们渐渐沉睡，在无边的一夜夜里进去光的梦。我们再将梦交给星空，交给星空中的每一粒星子，星子里有我们的梦。

光和暗，昼与夜，阳与阴，将很多分开，分成一半的清明白浅，一半的宁静暗沉。

寒露

寒露，清清冷冷，冷冷清清，如一个冷美人一般，有遗世独立的美，有拒人千里之外的寒。如果说白露还有清新明

极目远眺，西山静好，就那么默默地，悄悄地，怯怯地等待，等待，仿佛一场盛大仪式开启前的宁静。

终于，朝阳的光在一瞬间打在了树梢和灰墙上。紧接着，一丝丝不易察觉的暖随着光线温柔地抹在人的皮肤上。光照进画面，一切仿佛才复活。

霜降，秋季最后一个节气，以冬的严冷将万物整肃。

冬岁

立冬

冬，终也。一年到了头，所以甲骨文里的冬字，是一根绳子两头都打了结，表明一件事情的终端。冬，万物收藏，藏起了锋芒锐气，藏起了蓬勃野心。

立冬节气，北京在灰色雾霾中藏了起来。门前银杏树黄色小扇子形的叶子，在冷而静的空气中飘落，悄悄地。它按照季节的定律，周而复始，没有留恋。虽然它才长成不久，植株尚未健壮，树冠也未丰满。

冬，是静的，是默剧，适合冥想，适合沉思。冬日北国的村庄最是合宜。寒冷封锁大地河流，人们都在自己营造的温暖中惬意享受一年的馈赠。村庄外的那片土地里，藏着村庄的秘密。土壤的下面是一粒种子，它正在努力发芽，在土里藏着，等待白色的梦。南方的村庄，晨雾在山间似乎被冻住了，袅袅炊烟又加重了晨雾的浓重。田地里有作物丢弃的根须，等待霜寒，化作黑泥。城市里，人们已经在标准化的生活中，以时钟的定格画好了人生。不再想着大自然的定律。冬日的城市，只要一到点，节奏依然热烈，丝毫不输夏时。

冬天来了，我踏着一地黄叶，心中展开一双洁白之翼，飞越远山，探求季节的秘密。

小雪

列车奔驰在广袤的豫东平原。冬日的天，即使在正午也笼着一层淡淡的灰雾。绿树和庄稼一样，都被季节的镰收割殆尽。种有冬小麦的土地上，绿黄相间。大地在金色狂欢之后，又在寒风中孕育出新绿，仿佛有春的气息。灰白相间的村庄以相同的面目住在田野的中间，在地的尽头，又镶在天边。

小雪节气，豫东平原的气温在零摄氏度左右。没有风的早上，伸出手来还不算太冷。据说，前段时间，这里已经下过一场小雪，这几天天气回暖，田野里丝毫不见雪的踪影。

《月令七十二候集解》里有："小雪气寒而将雪矣，地寒未甚而雪未大也。"正是豫东平原此时天气的描述,将雪未雪。

二十四节气里,小满、小暑、小寒,都是昭示下一阶段气候特征的节气。小雪,也是如此。大地收拾干净,只等寒冷的精灵——雪花降临人间。冬日的小麦需要雪的庇护,第二年春天还需要雪水的灌溉。水,农业文明的血液,在冬日格外重要。冬小麦的初绿需要一场漫天的雪花来编织冬装,抵御寒冷。

位于豫东平原的商丘曾是商族的聚居之地。约公元前2300年,商族始祖阏伯筑台观察星辰,以此为依据测定一年的自然变化和农业年成的好坏。如今,阏伯台就在商丘市内,不远处有二十四节气展区。一面面石头制成的书页上,刻有每一个节气的阳历和农历时间。二十四节气形成的时代,豫东大地应该是丰饶美满的。虽然到了秦汉时代,二十四节气才完全确立,但是前朝的千年探索才是形成节气的基础。试想,没有夏商周几代农人在中华大地、黄河故道上辛勤耕耘,没有类似阏伯这样善于观察总结的先贤,哪里会有二十四节气七十二候如此精准的农业生产指导时间表,又哪里会有丰厚的物质文明滋养丰美的中华文明。

有节气刻石在阏伯台附近,十分合宜。农业文明的节气在这片古老的土地上依然有着生生不息的力量。从阏伯台看过去，是千里平原，万顷良田。以农业著称的豫东平原，拥有着古老的中华血脉，今日，它依然是中原粮仓。因自古是兵家必争之地，这片曾经辉煌的土地在近代史上曾走过了无数个寒冬。如今，黄绿的平畴旷野中，依然透着农业社会的安详平和。而厚重的商代文明，精彩的华商文化，已如满天星辰，散布在中国大地。

冬至

黑色的马，奔跑在墨色大地，寒冷如它的幻影，所到之处，万物沉默。光，艰难地劈开玄冷冰湖，迸射出紫而蓝的光。这光微弱地在漆质的燃料里挣扎脱离，扭曲升腾，等待破晓。等待，将巨大的暗夜感染；等待，巨大的光的来临。

长长的冬夜，最适宜沉思，思想之翼轻而易举飞升到茫茫太空。

这颗蓝色的星球，在混沌的宇宙里孤独地跳舞，左摆摆，右摇摇，踏着美丽的胡旋舞步。以太阳为原点，飞转，飞转，飞转；以引力为绳，飞旋，飞旋，飞旋。它将身体倾斜到了极致，将光甩到了身后。它不想离开这光的陪伴，它不想陷入无尽的深渊。它从今天开始回归。今天是冬至。

我在一辆开往早晨的地铁上，我在密集的人河里写下这段孤独的文字。亦如它在夜空里飞转，飞旋。我的文字踏着胡旋舞步，我的脑海中的一根神经，随着文字的舞步展露舞姿。一根洁白的羽毛，落上砚台，进入水墨山河。一段油红的绸带，弹进金色麦浪，窸窸窣窣地响。盈盈的芭蕾舞鞋，点在黑白的键上，乐音流淌，汇成记忆的河。

在冬至的晨，我思念一切，思念一切冷静而理智的公理，思念一切美好的温暖情感。

大雪

大雪将至，城中寒气逼人，逼迫着人们寻找一个温暖的栖身之所。

在郊野，雪入合宜之境，给大地写了一段哲理的文。

雪，那是山川旷野、田园乡村的诗意表达，她将白色轻纱悄悄披上人间。清晨的时候，孩子们会欣喜地奔出家门，玩上半天。老人们会对着天，乐呵呵地说："好年头啊！"主妇们会在大雪的清晨，为全家人做上一顿热汤面，就着雪景，美美地暖了肠胃。雪落平原山川，大地河流能听到她的声音。那是一种在静谧的清晨独有的、安静的声音。需要人们静静地屏住呼吸，闭上眼睛。雪将喧嚣的村庄、热闹了一季的田野消音。在东边泛出一丝蓝紫色的光的时候，风息了。这时

雲端搖浦雲弄月
大野孤行雪地風
宗鵬題

候，你要听雪的声音，需要一种独与天地往来的气魄，需要让扑通扑通的心跳也慢下去。

在城市里，雪只会带来麻烦。雪花分明看到城里生活着的人皱起的眉头。环卫工人是第一个知道大雪的人。他们橘黄色的工作服，如开在大雪里的花。他们戴好了护具，从晨曦未明开始，不停地扫啊扫，扫啊扫！如果雪大，城市主干道还需要在路面铺撒防冻防滑的防冻剂。可是，还有如人体毛细血管般的大小街道需要清理。有人打开窗户，惊喜地叫一声："啊，下雪了！"接着，雪花听到那人低声嘟囔一句："早上又该堵车了，地铁公交会很挤，孩子上学麻烦了，等会上班还得早点走。"飘落窗棂的雪花，静静地、惆怅地停立在窗边。不用多长时间，她就会融化成水。城市里，车辆川流，人潮涌动，热空气会在太阳还未升起的时候就把她们融化掉。即使有些雪儿落在了城市的缝隙里，也已经失去了雪儿的灵动，毫无生气地被人当作残雪，和垃圾一起清理掉。

雪花，义无反顾，不偏不倚，还是将城市的面孔模糊了。她调皮地跳上路面，被挡风玻璃甩得老远，她静默地落在楼顶，被巨大的空调的风机吹得晕头转向，她跃上大树的枝桠，越积越多，最后重重摔到地上，她落不到匆匆而行的人的身上，人们急慌慌地去上班，没有停下脚步欣赏她卓越的舞姿。

雪，到底是寂寞地融化了身躯。涓涓细流，并未滋润土地，而是和城市污水混在一起，被当作无用的、多余的。最大限度，也只是让干燥的路面湿润半天，让许多肮脏的角落看上去并不那么难看。

于是，在这个大雪节气，北京，呵气成冰，并未见雪。

小寒

在我心中，二十四节气都有自己的个性，和一类人对应着。比如，春分应该是一位温暖的中年大婶，随和亲切，为人虽敦厚却有主见。冬至，应该是位中年大叔，上有老下有小，是家庭的顶梁柱。为人平和仗义，是那种有着民间良心和遵循社会潜在生存法则的人。大暑就是个脾气暴躁的男孩子，做什么事，一定是追求最好，完满，有稍稍的欠缺都不满意，要鲜花着锦，烈火烹油。立春则是娇羞的大姑娘，一腔子热情都在美。自己美，也愿他人美，情意绵绵的，绣的画的花儿都美。

今日小寒，还未大冷，空气中不再有温煦的时刻。即使到了中午，太阳没遮没拦地穿透薄薄的空气，给人一幅盛夏骄阳的假象。各色共享单车在阳光下，反射着耀眼的光点。风中，一出手，手心微温，手背还是寒气凛凛。人们裹着厚厚的围巾，在大太阳下匆匆奔逃。这就是小寒。

　　我想，小寒，应该是个小姑娘吧！十二三岁的年纪，将到未到及笄之年的阶段，有种隐隐的寒意。小寒，刚脱离儿童期的一派天真，开始慢慢知晓人事，偶尔闹闹，看似与人亲热，实际上拒人千里。有胆怯，也有孤勇，有畏惧，也有一股小小的豪气，她们有她们自己的心思，表现出来的样子却是冷冷的，淡淡的，疏离的。有时候，小寒姑娘还不近人情，如果你不明就里靠近她，只能讨来一顿莫名其妙的怼，或者没头没脑的抢白，甚至是几滴不知从何而来的眼泪。小寒敏感，对即将到来的盛大的寒冷，有一种淡淡的愁，轻轻的恼。

　　小寒，未到大寒，个中一片冰雪之心。长江一线，昨日大雪，做足了为三九严寒打头阵的准备。冰雪，虽然有快如刀锋的北风为它上阵擂鼓，打先锋，但雪儿本身是温柔的模样。将空气中少有的水分，凝聚成花儿，散播大地，保护一切向上生长的植物。那个像小寒的姑娘，不出几时就会变成雪花一样温柔的女子，也会有一片冰清玉洁之质。时光会磨砺她的温柔，会融化她的冰雪之心。但是，她如今仍然是小寒，有点小任性，还没找到对这个世界温柔以待的方式。

　　小寒时节，人们找到了温暖的感觉，通过各种方式。电暖气散发的热力，火炉中跳跃的红色火蛇，还有北方村庄的暖炕，在小寒节气都开始给人暖热。

　　当然，一般小寒的时候都是两个年份交接的时候。那种送走旧年种种不如意的洒脱，和对新年有所突破和成就的期盼，也会给心中带来几分暖。下班后，冷风机遇到情人的密语以及深情的眼眸；天未明，母亲就在床前怜爱的叮嘱；突然接到一个多年未见的老朋友，发来问候的信息，得到年终岁首的真挚祝福……温暖的方式不同，温暖的感觉却都相通。

小寒，到底是温暖的，招人喜爱的。

大寒

风在楼宇间咆哮，制造出各种怪声响。那是一股巨大的力量狠狠刮过城市，留下大自然的怒号，仿佛高速路上的跑车加速飞过，一道尖锐的划痕。

风，在大平原上是浑厚的，在草木间摩挲，贴着裸露的地皮，那声音低沉犹如大地的粗喘。风之神，到了城市，将喘息声化作高音的鸣叫，因为它在城市遇到抵抗，广厦高楼和大小房屋都阻碍它畅快飙行。可是谁又难得住它。它像水一样在大街小巷漫开，用手掌拍过广告牌、路灯杆，拍过各种凸起的物体，稀里哗啦地响。北方寒冬的大风，冷得令人凄惶，足以勾起游子的乡愁。

大寒节气通常也在腊月里。"三九四九冰上走"，城市的河流却容不得你去撒野，都规规矩矩地在自己的道里待着，人也得规规矩矩地望冰兴叹。时间长了，人在热气充足的大楼里习惯了，就不愿意在寒风的街头行走。一出来，冷风会从各个方向灌入，厚厚的棉衣但凡给留出一点缝隙，冷风都能趁势钻入，给你冬天的警醒。暖和的鼻孔和气管，忍受不住突如其来的攻击，紧张地痉挛，惹得人不住地打喷嚏和咳嗽。缩脖猫腰，小步轻跑，除了一张不得不面对凌厉之寒的脸，其他部位都被严严实实裹着，和寒冷对抗。

往昔，大寒时节，不是寒风过境如刀割面让人畏惧，就是无风时候雾霾迷眼伤人肺腑。21世纪头十来年，北京的冬天就在魔鬼和天使之间摇摆。无风，雾霾，天地间充斥着怨气，人们视野有限，脾气也坏起来。雾霾黄色预警、红色预警，大家都恨不得戴着空气净化器睡觉，平时更是得老老实实躲在密闭空间里。大风来时，那就是天使降临人间，替天神扫除了一切障眼的脏东西，给天空刷上厚厚的蓝漆，任性得连一朵白云也不留。

今年，北京的冬日却超乎意外。没有风的时候，仍是清清爽爽的寒，灰云在天空翻卷，日头没有热，却依旧坚守岗位，起着照明的作用。

人再一次在小环境里干预了自然，大气污染防治的成果让我在北京最后的严寒里能够思考一些人生的命题——比如春天和家乡。